Yolanthe

Juergen von Rehberg

Yolanthe

Eine Toxische Liebe

Bibliografische Information der Deutschen National-bibliothek:
Die Deutsche Nationalbibliothek verzeichnet diese Publikation in der Deutschen Nationalbibliografie; detaillierte bibliografische Daten sind im Internet über http://dnb.dnb.de abrufbar.

Verlag: BoD · Books on Demand GmbH,

In de Tarpen 42, 22848 Norderstedt, bod@bod.de

Druck: Libri Plureos GmbH, Friedensallee 273,

22763 Hamburg

ISBN: *978-3-7693-5846-9*

Man kann sich seine Eltern nicht aussuchen. So sagt man zumindest. Aber seinen Namen schon ...

Und genau das tat Yolanthe; wenn auch sehr, sehr viel später…

*****

Gottfried Pichelmayer war ein emeritierter[1] Professor und Organist an der Herz-Jesu-Kirche, während seiner aktiven Zeit an der Universität bei seinen Studenten beliebt und als Organist in der Kirche von allen geschätzt.

Umso bestürzter war die Reaktion, als bekannt wurde, dass er Opfer eines Mordanschlags geworden war.

Gottfried Pichelmayer war überzeugter Rotarier und dadurch mit verschiedenen Persönlichkeiten aus Wien und Umgebung sehr gut bekannt und zum Teil auch befreundet.

Einer davon war Oberstaatsanwalt Dr. Paul Zirner. Als er vom Tod seines Freundes erfuhr, bat er umgehend seinen „besten Mann", Oberstleutnant Falk Brunner, zu sich.

„Ich nehme an, Sie können sich denken, warum ich Sie zu mir gebeten habe?"

---

[1] *Im Ruhestand*

„Es geht um den Fall Pichelmayer, nehme ich an“, beantwortete Obstlt. Brunner die Frage des Oberstaatsanwalts und fügte hinzu:

„Und ich gehe davon aus, dass der Fall oberste Priorität besitzt.“

Der leicht süffisante Tonfall, mit dem Falk Brunner das Gesagte begleitete, war nicht zu überhören. Der Oberstaatsanwalt gehörte nicht zwingend zu seinem Freundeskreis.

Wenn ein Mann von gerade einmal knappen dreißig Jahren Lebenszeit die Karriereleiter im Eiltempo hinaufklettert, so macht ihn das nicht gerade sympathisch. Zumindest nicht in den Augen von Falk Brunner.

„Das sehen Sie völlig richtig, Brunner“, erwiderte der Oberstaatsanwalt in gereiztem Ton, der auch nur auf Weisung eines Höhergestellten zur Personalie „Brunner“ gegriffen hatte.

„Bitte <Herr Brunner> oder wenigstens <Oberstleutnant>, wenn ich bitten darf, Herr Oberstaatsanwalt.“

Die beiden Männer hatten klar Position bezogen und sahen einander jetzt erwartungsvoll an.

„Also, Herr Brunner“, fuhr der Oberstaatsanwalt in einem betont sachlichen und ruhigen Ton fort, *„die Order kommt von höchster Stelle. Finden Sie schnellstens den oder die Täter.“*

„Wie immer, Herr Dr. Zirner", erwiderte Falk Brunner. *„Wir werden unser Bestes geben. War's das?"*

„Sie können gehen", sagte der Oberstaatsanwalt, *„und halten Sie mich auf dem Laufenden."*

Falk Brunner verließ den Raum, ohne darauf zu antworten, begleitet von einem Lächeln.

*****

Obstlt Falk Brunner und Mjr Christine Tanner waren quasi das Top-Team beim LKA Wien, allein bedingt durch ihre hohe Aufklärungsquote, wenn es um Gewaltverbrechen in Wien und Umgebung ging.

Ergänzt wurden sie durch Gerhard Maurer, einen einunddreißigjährigen Oberleutnant, der vom Alter her gesehen ihr Sohn hätte sein können.

Das wiederum wäre nicht möglich gewesen, denn die Beziehung von Falk und Christine war rein beruflich. Während Falk nach einer Scheidung seinem Liebesleben eine Pause verordnet hatte, war Christine Ehefrau und Mutter einer vierzehnjährigen Tochter, die gerade in ihrer Pubertät voll aufblühte.

Christines Ehemann, achtzehn Jahre älter und Lehrer von Beruf, war vernarrt in Töchterchen Emma, und Christine fragte sich ab und zu, wo der Unterschied von ihrem momentanen Status als verheiratet Frau zu einer alleinerziehenden Mutter läge…

Oblt Gerhard Maurer war der Neffe des Polizeipräsidenten, was anfänglich ein gewisses Problem
darzustellen schien. Die Bedenken von Falk und
Christine verflogen jedoch sehr schnell, als sich zeigte, dass Gerhard seine absolute Loyalität den beiden
gegenüber erwies.

„Was ist dir denn über die Leber gelaufen?"

Christine sah in das griesgrämige Gesicht von
Falk, als dieser den Raum betrat.

„Ich komme gerade von Paulus", kam die knappe
Antwort von Falk.

Mit „Paulus" war der Herr Oberstaatsanwalt gemeint, wie er von Falk und auch von vielen anderen
Kollegen genannt wurde.

„Sag nichts!", erwiderte Christine, *„ich weiß
schon; der Fall Pichelmayer. Habe ich recht?"*

Falk nickte.

*„Und am besten, wir lösen den Fall schon gestern.
Stimmt`s?"*, setzte Christine nach.

„Du kennst den Trottel ja", antwortete Falk.

Gerhard hatte zugehört, sich aber nicht einge-
mischt. Er kannte die Regeln genau und er hielt sich
danach.

Falk und Christine bildeten eine Symbiose, die ein Eindringen von einer dritten Person unmöglich machte. Das hieß aber nicht, dass sie für ihn unnahbar waren. Im Gegenteil. Er bildete mit ihnen ein Triumvirat, das ausnahmsweise mit einer weiblichen Person besetzt war.

*****

Gottfried Pichelmayer wurde in einem Etablissement tot aufgefunden, das völlig konträr zu seinem Nimbus stand.

Das „Happiness" war ein Tempel der Lust und zu Lebzeiten des Professors kein denkbarer Aufenthaltsort für ihn.

Verheiratet, zwei Kinder und praktizierender Katholik, war er der Inbegriff eines Ehrenmannes, der sonntäglich den Gottesdienst besuchte und brav seine Steuern bezahlte.

Das gesamte Lehrerkollegium stellte ihm, ebenso wie seine Rotarier Freunde, einen tadellosen Leumund aus. Und die Presse frohlockte über diesen journalistischen Leckerbissen, fiel der Mord doch in das alljährlich wiederkehrende „Sommerloch".

Die Geschichte erinnerte ein wenig an den Film „Der blaue Engel", in welchem Emil Jannings, als Professor Immanuel Rath, einen älteren Lehrer spielt, der sich in die von Marlene Dietrich gespielte Varietésängerin Lola verliebt und daran zugrunde geht.

Gottfried Pichelmayer war in einem der Zimmer des „Happiness" erstochen aufgefunden worden, und eine Liebesdienerin, mit Namen Chantal, wurde umgehend als dringend tatverdächtig festgenommen.

Chantal, mit bürgerlichem Namen Petra Meisner, leugnete die Tat, was ihr jedoch nichts nützte. Sie wurde unmittelbar dem Haftrichter vorgeführt und dieser ordnete Untersuchungshaft an.

*****

Falk Brunner und Christine Tanner waren auf dem Weg zur Gerichtsmedizin, als das Handy des Oberstleutnants läutete.

Es war der Kollege Maurer, der Mitteilung darüber machte, dass Klara Pichelmayer, die dreiundzwanzigjährige Tochter des Toten, ins Kommissariat gekommen wäre, um die Ermittler sprechen zu wollen.

„Geh, mach du das!", war die knappe Ansage von Falk an seine Kollegin, und setzte seinen Weg zur Gerichtsmedizin allein fort.

„Wo hast du deine bessere Hälfte gelassen?"

Mit diesen Worten begrüßte Dr. Franziska Arnold den Besucher. Eigentlich war sie schon in einem Alter, in welchem andere ihren wohlverdienten Ruhestand zu genießen pflegten, aber sie war mit Leib und Seele Gerichtsmedizinerin.

„Ach Franzi", erwiderte Falk scheinbar gelangweilt, *„wann hängst du endlich deinen weißen Kittel an den Haken und gehst anständigen Mitmenschen nicht mehr auf die Nerven?"*

Franziska lachte. Sie genoss die kleinen Wortscharmützel, die sie immer wieder mit Falk aufführte, und Falk spielte ihr Spiel gerne mit.

„Du weißt doch, dass ich das nicht machen kann, mein geliebter Brummbär", sagte Franziska, *„wie du weißt, lebe ich monogam und keusch in meiner Höhle. Ohne meine Schneiderei würde ich in kürzester Zeit selber hier enden. Und wer sollte dir dann beim Lösen deiner Fälle helfen?"*

Das Sezieren einer Leiche als „Schneiderei" zu bezeichnen war ebenso schräg wie das Umformen von Falks Nachnamen „Brunner" in „Brummbär". Aber Falk gefiel es dennoch. Er mochte diese Frau ganz einfach, und er hatte nie verstanden, warum sie allein durchs Leben ging.

Es gab Gerüchte, dass sie mit einer Frau liiert sei, was jedoch völliger Unsinn war.

Falk hatte die Ärztin ein einziges Mal darauf angesprochen, was diese zu einer heftigen Reaktion veranlasste. Danach hatte er es nie wieder probiert.

„Liebe Franzi, was hast du für mich?"

Die Gerichtsmedizinerin sah den Ermittler nachdenklich an. Sie mochte diesen Mann und sie hätte sich ein Leben mit ihm gut vorstellen können. Allerdings vor dreißig bis vierzig Jahren oder so…

„Schütte dein Füllhorn des Wissens über mich, du Göttin der Schneidekunst!"

Falk wiederholte seine Frage von vorhin auf prosaische Weise und holte damit Franziska aus ihren Gedanken.

„Es ist die Tat eines Racheengels", antwortete Franziska.

„Also ist der Mörder eine Frau?", fragte Falk.

„Wo steht geschrieben, dass Engel weiblich sein müssen?", erwiderte Franziska, *„heutzutage kann ein Engel weiblich, männlich, divers oder queer sein."*

Die Art und Weise, wie sie das sagte, ließ deutlich erkennen, dass sie kein „Gender-Fan" war.

„Aber du gehst davon aus, dass Rache das Tatmotiv ist? An was machst du das fest?", fragte Falk.

„An der Visitenkarte", antwortete Franziska.

Und dann zeigte sie Falk, was sie damit meinte:

TOXICUS CUPIDITAS

Dieser Schriftzug war auf der Brust des Toten eingraviert. Falk schaute zuerst auf die Gravur, dann zu Franziska und sagte:

„Du weißt aber schon, dass ich nicht weiß, was das bedeutet."

„Giftiges Verlangen", erlöste Franziska den Ermittler aus seiner Unwissenheit und fügte hinzu: *„Das ist Latein, du Brummbär."*

„Was wohl damit gemeint sein könnte?", sagte Falk in einem leicht süffisanten Tonfall und sein Blick wanderte dabei lächelnd zu Franziska.

„Quaere et invenio!"[2]

Falk schüttelte den Kopf. *„Ich nehme an, das ist auch Latein, oder?"*

Franziska nickte.

„Und was heißt das?", fragte Falk leicht gereizt.

„Finde es heraus!", antwortete Franziska und lachte.

*****

---

[2] *„Finde es heraus!"*

Als Mjr Christine Tanner den Befragungsraum betrat, fand sie dort eine junge Frau vor, die altersmäßig ihre Tochter hätte sein können.

„Grüß Gott, Frau Pichelmayer, Sie wollten mich sprechen?"

Yolanthe Pichelmayer lächelte zaghaft und antwortete:

„Sie können mich ruhig duzen, Frau Kommissar; aber bitte nennen Sie mich Klara."

Christine war überrascht von der Antwort der jungen Frau.

„Ich dachte, Sie heißen Yolanthe."

„Das ist richtig, Frau Kommissar; aber ich mag den Namen nicht. Klara ist mein zweiter Vorname. Den mag ich lieber."

„Also gut, dann werde ich Sie Klara nennen, wenn Sie das möchten. Darf ich Sie fragen, wie Sie zu dem doch etwas seltenen Vornamen <Yolanthe> gekommen sind? Ich kenne die Schreibweise mit <J> und im Französischen gibt es eine Yolande; aber Ihre Schreibweise ist mir völlig unbekannt."

„So ganz genau weiß ich es auch nicht. Es gab da wohl eine Hollywood-Diva namens <Yolanthe De Vries>, so zumindest hat es mir mein Vater gesagt. Und die hat er verehrt. Aber was ich weiß, ist die Tatsache, dass ich den Namen hasse."

Yolanthe Klara Pichelmayer hatte diese Worte mit einer ordentlichen Portion Emotion gesagt und Christine empfand Mitleid mit der jungen Frau.

„Klara ist auf jeden Fall viel schöner als Yolanthe", sagte Christine, so, als wolle sie die junge Frau trösten, und fügte dann noch hinzu: *„Also, Klara, was führt Sie zu uns?"*

Klara sah Christine lange an, bevor sie antwortete. Es schien, als koste es sie eine große Überwindung, zu antworten. Ihre Augen füllten sich mit Tränen, als sie endlich mühevoll hervorbrachte:

„Kann ich bitte meinen Papi sehen? Und wann können wir ihn beerdigen?"

Christine fühlte eine leichte Beklemmung. Dieses junge, zarte Wesen, das ihr gegenübersaß, rührte sie. Allein die Tatsache, dass Klara ihren verstorbenen Vater „Papi" nannte, zeigte, dass eine starke Verbindung zwischen den beiden bestanden haben musste.

„Wäre es nicht besser, wenn Sie Ihre Mutter begleiten würden, um Ihren Vater zu sehen?"

„Nein!"

Klaras Antwort war von einer solchen Vehemenz, dass Christine nicht weiter nachfragen wollte. Umso mehr war sie überrascht, als Klara sagte: *„Können Sie mich nicht begleiten?"*

*****

Die Gerichtsmedizinerin hatte lediglich das Gesicht des Toten freigelegt, sodass Klara die Stichwunden und den eingravierten Schriftzug nicht sehen konnte.

Klara strich mit ihrer Hand über das Gesicht des Toten, während ihr die Tränen über das Gesicht liefen. Es war von einer solchen Zärtlichkeit, dass sowohl Christine als auch die Medizinerin emotional davon erfasst wurden.

„Sie haben Ihren Vater wohl sehr geliebt, Frau Pichelmayer", sagte Dr. Arnold, als sie den Leichnam wieder bedeckte.

Klara nickte. Sie ging zu Christine und schlang ihre Arme um sie. Ein heftiger Weinkrampf erfasste den schmächtigen Körper und Christine wurde von der Situation völlig überrascht.

Umarmungen waren nicht wirklich so ihr Ding und es brauchte einen kurzen Moment, bis sie damit umgehen konnte. Sie erwiderte die Umarmung und strich der jungen Frau über den Kopf.

„Kommen Sie, Klara. Wir besorgen uns jetzt einen guten Kaffee und dann erzählen Sie mir ein wenig von Ihrem Papi."

Die beiden Frauen gingen hinaus und Dr. Franziska Arnold sah ihnen lächelnd hinterher…

*****

„Ich habe gehört, du warst mit Yolanthe Pichelmayer ebenfalls bei Dr. Arnold? Was habt ihr dort gemacht?"

Es waren dies die Begrüßungsworte – anstelle eines Gutenmorgens – mit welchen der Oberstleutnant den Raum betrat.

„Dir auch einen wunderbaren Guten Morgen, lieber Falk!", erwiderte Christine und sah lächelnd zu ihrem jungen Kollegen, Oblt Maurer.

„Guten Morgen", antwortete Falk leicht unwillig, *„also was war mit Yolanthe?"*

„Sie wollte ihren Papi noch einmal sehen", sagte Christine, *„und sie wollte wissen, wann sie ihn beerdigen kann."*

„Soso, ihren Papi wollte sie sehen", wiederholte Falk spöttelnd, worauf Christine erwiderte:

„Ja, du gefühlloser Klotz, das verstehst du nicht."

Die beiden beließen es dabei und wandten sich jetzt ihrem Fall zu.

„Also, was haben wir bisher?"

Oblt Gerhard Maurer antwortete auf Falks Frage:

„Der Fall ist doch klar: Wir haben einen Tatort und wir haben ein Motiv."

„*Ist das so?*", fragte Falk. „*Und wen schlägst du als Täter vor?*"

„*Eine der Prostituierten natürlich*", antwortete Gerhard.

„*Was sagt eigentlich die Spurensicherung?*", mischte sich nun Christine ein. „*Haben wir schon einen Abschlussbericht?*"

„*Ist gerade gekommen*", antwortete Oblt Maurer, „*ich habe ihn auf deinen Schreibtisch gelegt.*"

Obwohl der Bericht digital übermittelt worden war, bestand Falk auf die Papierform. Es hatte wohl etwas mit der Haptik zu tun und auch damit, dass er gegebenenfalls Notizen auf dem Papier anbringen konnte.

Falk setzte sich nieder und studierte den Bericht.

„*Was hat es mit diesem Schriftzug auf sich?*", fragte Christine, „*und was bedeutet er?*"

Und noch bevor Falk darauf antworten konnte, kam es wie aus der Pistole geschossen von Gerhard:

„*Giftige Leidenschaft. Aber man kann es auch mit Lust, Begierde, Sucht, Verlangen übersetzen.*"

Der Blick, den Falk dem jungen Kollegen zuwarf, könnte man durchaus mit dem Wort „Klugscheißer" übersetzen.

Aber ein wenig empfand er auch Bewunderung für den Oberleutnant, der des Lateinischen mindestens ebenso mächtig war wie die Gerichtsmedizinerin.

„Du sagtest, es könnte auch <Sucht> bedeuten?"

Falk musste gerade an eine weitere Möglichkeit für ein Motiv denken.

Gerhard bejahte Falks Frage.

„Wenn du an irgendwelche Suchtmittel denkst, so muss ich dich enttäuschen", sagte Christine, *„das hätte Franziska sicher herausgefunden."*

„Und was ist mit einer anderen Sucht? Wie wäre es beispielsweise mit der Spielsucht?"

Gerhard genoss seinen Auftritt. Zuerst seine Kenntnisse in einer wenig verbreiteten Fremdsprache und jetzt noch die geniale Idee mit der Sucht.

Berauscht von sich selbst, setzte er noch einen drauf:

„Der feine Herr Professor hatte große Spielschulden, und weil er sie nicht begleichen konnte, wurde er ermordet."

„Und dann haben die bösen Buben eine Botschaft in lateinischer Sprache hinterlassen. Den Blödsinn glaubst du doch selber nicht. Gerade warst du noch davon überzeugt, dass die Mörderin im Rotlichtmilieu zu suchen ist."

Falk fühlte sich erleichtert. Er schätzte das engagierte Auftreten seitens des jungen Kollegen; aber manchmal war es schon leicht nervig.

„Das bedeutet, dass wir mehrere Spuren verfolgen müssen", sagte Christine. *„Da wartet viel Arbeit auf uns."*

„So sieht das wohl aus", erwiderte Falk, *„dann lasst uns damit beginnen und das Fräulein Chantal befragen."*

*****

Chantal, mit bürgerlichem Namen Petra Meisner, 62 Jahre alt und ledig, war nicht gerade das, was man als erotischen Leckerbissen hätte bezeichnen können. Ohne Schminke konnte man ihr wahres Alter ganz gut erkennen.

Falk hatte Christine gebeten, die Befragung der Prostituierten zu übernehmen, nach dem Motto: so von Frau zu Frau.

„Frau Meisner oder ist es Ihnen lieber, wenn ich Sie <Chantal> nenne?"

Petra Meisner lächelte.

„Ach Kindchen", erwiderte sie, *„es ist mir völlig egal, wie Sie mich nennen. Und wenn Sie mir eine*

Zigarette geben, können Sie mich auch <blöde Kuh> nennen. Denn das bin ich ganz offensichtlich."

„Das geht leider nicht, Frau Meisner, hier herrscht allgemeines Rauchverbot."

Christine sah in die Augen einer Frau, aus denen die Lebensfreude schon vor sehr langer Zeit entwichen sein musste. Es tat ihr leid, dass sie dem Wunsch nach einer Zigarette nicht nachkommen konnte, und fügte hinzu:

„Aber einen Kaffee könnte ich Ihnen stattdessen anbieten, wenn Sie möchten."

Petra Meisner lächelte erneut. Sie mochte ihr Gegenüber. Christine erinnerte sie an ihre eigene Tochter.

„Einen Kaffee nehme ich gerne, Kindchen", antwortete Petra Meisner, *„schwarz und stark und ohne Zucker."*

Petra wandte sich zu der uniformierten Beamtin, die auf einem Stuhl mit im Verhörraum saß und bat diese, das Gewünschte zu besorgen.

Die Beamtin kam der Bitte nur widerwillig nach, was sie durch ihren gering schätzenden Blick in Richtung Petra Meisner deutlich erkennbar zum Ausdruck brachte.

„Darf ich sie fragen, wie alt Sie sind?"

Christine war überrascht, dass sie dieses Mal von ihrem Gegenüber ohne den Zusatz „Kindchen" angesprochen wurde. Irgendwie störte sie es nicht, dass sie so genannt wurde. Vielleicht auch deshalb, weil ihre Mutter sie früher so genannt hatte.

Die Mutter gab es schon lange nicht mehr. Sie war vor vielen Jahren an einem Gehirntumor gestorben und das mit nur fünfundsechzig Jahren. Ihren Vater hat Christine nie kennengelernt.

Als Michael Tanner in ihr Leben trat, war Christine zweiundzwanzig Jahre alt. Der Gedanke liegt nahe, dass sie in dem wesentlich älteren Mann eine Art Vaterersatz gesehen hat.

Es hat dann mehrere Jahre gedauert, bis Christine endlich schwanger wurde. Als dann Emma auf die Welt kam, war das Glück vollkommen.

Für Michael Tanner traf es zweifellos zu. Das bis dahin in schwierige See gekommene Eheschiff kam wieder auf Kurs, denn der sich nicht erfüllen wollende Kinderwunsch hatte arge Eheprobleme verursacht.

Christine konnte vom ersten Schrei an keine richtige Beziehung zu dem Kind aufbauen und sie wehrte sich auch nicht dagegen, dass Michael die Erziehung zur „Chefsache" machte.

„Wollen Sie es mir nicht sagen?", fragte Petra Meisner erneut.

„Was meinen sie?", erwiderte Christine.

„Nun, wie alt Sie sind“, sagte Petra Meisner.

„Ach so“, erwiderte Christine, *„ich bin vierundvierzig Jahre alt.“*

Petra Meisner nickte sanft mit dem Kopf. Sie sah Christine versponnen an und in ihren Augen ging für einen kurzen Moment ein Licht an.

„Wie meine Stella“, sagte sie leise, *„ich habe es mir fast gedacht…“*

„Ist das Ihre Tochter?“, fragte Christine und im selben Moment, als Petra Meisner antworten wollte, kam die Beamtin mit dem Kaffee zurück und stellte ihn auf eine sehr rüde Art auf den Tisch.

„Lassen wir die Gefühlsduselei. Sie haben sicher wichtigere Fragen, die Sie mir stellen wollen. Also fragen Sie!“

Christine warf einen bösen Blick zu ihrer uniformierten Kollegin, die sich wieder niedergesetzt hatte.

Petra Meisner nahm einen großen Schluck aus ihrer Kaffeetasse und richtete dann ihren Blick auf Christine, in Erwartung der Fragen zu der Ermordung des Gottfried Pichelmayer.

Das Gesicht, dass gerade eben noch weiche Züge gezeigt hatte, war zu einer Maske erstarrt.

*****

Christine ließ ihrer Wut freien Lauf, als die Befragung zu Ende war. Sie war davon überzeugt, dass sich Petra Meisner ihr gegenüber offener gezeigt hätte, wenn diese dumme Beamtin nicht ihre ablehnende Haltung so offen gezeigt hätte.

„Du musst das verstehen", versuchte Falk seine Kollegin zu beschwichtigen, *„der Professor war allseits sehr beliebt, und er spielte sonntags die Orgel in der Kirche. Und vielleicht ist die Uniform-Tussi ein Schäfchen in dieser Gemeinde."*

Falk hatte es wieder einmal geschafft, Christines Frust in ein Lächeln umzuwandeln.

„Du bist wirklich unmöglich, Falk. Weißt du das?"

„Natürlich, liebste Kollegin. Du sagst es mir ja immer wieder", erwiderte Falk mit einem Augenzwinkern, um dann zum Wesentlichen zurückzukehren.

„Ist sie die Mörderin des Professors?"

„Das glaube ich nicht", sagte Christine, *„ich kann kein Motiv erkennen. Chantal bestreitet mit ihren Liebesdiensten lediglich ihren Lebensunterhalt. Und das ohne die geringste Spur von Leidenschaft oder gar Liebe.*

Oder kannst du dir ernsthaft vorstellen, dass sie und der Professor…"

„Gott bewahre; nein", unterbrach Falk Christine, *„das ist völlig ausgeschlossen."*

„Na, siehst du", sagte Christine, *„ich wäre dafür, Chantal sofort aus der Haft zu entlassen."*

„Das geht nicht", erwiderte Falk, *„das wird Paulus nicht zulassen. Also sehen wir zu, dass wir schleunigst einen neuen Verdächtigen an Land ziehen."*

Falk sah in das traurige Gesicht seiner Kollegin.

„Du magst die Frau. Habe ich recht?"

„Irgendwie schon", antwortete Christine. *„Sie erinnert mich ein wenig an meine Mutter."*

„Wie das?", fragte Falk überrascht.

„Ich weiß nicht", erwiderte Christine, *„einfach nur so…"*

„Dann lass uns jetzt einen neuen Verdächtigen suchen und finden. Vielleicht im Umfeld des Ermordeten. Befragen wir doch Familie und Freunde. Und vielleicht auch das ehemalige Kollegium."

Falk nickte Christine aufmunternd zu, als er das sagte. Und Christine ergänzte Falks Vorschlag mit den Worten:

„Und die hohe Geistlichkeit."

*****

Das Anwesen der Familie Pichelmayer lag in Hietzing, einem der Nobelbezirke Wiens, inmitten eines kleinen Parks.

Christine und Falk wurden vom Hausmädchen Sonja in den Salon geführt, wo Emma Pichelmayer, die Witwe des Ermordeten, bereits auf die beiden wartete. Falk hatte ihren Besuch fürsorglich via Telefon avisiert.

„Bitte, setzen Sie sich. Kaffee oder Tee?"

„Keines von beiden; aber vielen Dank, Frau Pichelmayer", lehnte Falk dankend ab.

„Dr. Pichelmayer; wenn ich bitten darf."

Dass die Gattin des Professors einen akademischen Titel besaß, war weder Falk noch Christine bewusst.

„Ich bitte um Verzeihung, gnädige Frau", erwiderte Falk augenblicklich, *„das war uns nicht bewusst."*

Den akademischen Titel zu verwenden, widerstrebte Falk über die Maßen und mit der Anrede „gnädige Frau" konnte er dies übergehen, ohne den nötigen Respekt dabei vermissen zu lassen.

„Ist schon gut, Herr Inspektor", sagte die Frau Doktor, und Falk überlegte einen kurzen Augenblick, ob er der gnädigen Frau eine Riposte[3] zukommen lassen sollte, bezogen auf den korrekten Dienstgrad.

---

[3] *Erwiderung eines Angriffs beim Fechten*

Falk unterließ es und Christine war sehr froh darüber, konnte sie doch in Falks Gesicht deutlich ablesen, dass Falk zumindest mit dem Gedanken gespielt hatte.

„Da ich davon ausgehe, dass Sie Ihren Gatten am besten kannten, darf ich Sie fragen, ob Ihr Gatte Feinde hatte?"

„Wer kann schon in den anderen hineinsehen, frage ich Sie, guter Mann. Jeder Mensch hat so seine kleinen Geheimnisse. Meinen Sie nicht auch?"

Diese Antwort überraschte die beiden Kriminalisten und es machte deutlich, dass die Beziehung der Eheleute Pichelmayer nicht gerade von Harmonie getragen gewesen sein mochte.

Und es eröffnete die Möglichkeit, dass der Besuch in einem Bordell auf einmal gar nicht mehr so abwegig schien.

„Ihr Gatte wurde ja in einem erotischen Etablissement tot aufgefunden. Stattete der Herr Professor den dortigen Damen öfter einmal einen Besuch ab?"

„Was erlauben Sie sich? Ich werde mich über Sie beschweren."

Frau Dr. Emma Pichelmayer war aufgesprungen, als sie ihrer Entrüstung Luft machte. Sie deutete auf eine Fotografie hin, die in einem silbernen Rahmen auf dem Klavier stand und stieß heftig hervor:

„Dieser Mann war Träger des silbernen Ehrenzeichens für Verdienste um das Land Wien und eine honorige Persönlichkeit.

Und Sie besitzen die Frechheit, meinen Gatten mit Schmutz zu bewerfen? Verlassen Sie augenblicklich mein Haus!"

Christine wollte sich anschicken, zu intervenieren, aber Falk bedeutete ihr, das zu unterlassen. Er stand auf, verbeugte sich leicht und verließ, von Christine gefolgt, den Raum.

„Was war das denn?", sagte Christine, als sie im Wagen neben Falk saß.

„Wir werden die Herrschaften vorladen, und zwar alle. Und das wird auch der Heilige Paulus nicht verhindern. Das verspreche ich dir."

Falks Wut war unübersehbar und Christine wunderte sich, dass ihr Kollege sich vorhin zurückhalten konnte.

„Ärgere dich nicht; das ist es nicht wert", versuchte sie, Falk zu beruhigen. Dass ihr das nur mäßig gelang, zeigte sich in der Fahrweise von Falk. Es waren schon einige Verstöße dabei, die einen anderen vielleicht den Führerschein gekostet hätten. Aber man war ja die Polizei; und die darf Sachen machen, die nicht jeder kann. Auch wenn sie nicht richtig sind…

*****

Das Unausweichliche trat ein. Oberstaatsanwalt Dr. Paul Zirner zitierte Obstlt Falk zum Rapport.

„Sind Sie denn von allen guten Geistern verlassen? Wissen Sie eigentlich, wer die Frau ist, gegenüber der Sie sich unmöglich benommen haben?

Wissen Sie auch, wie weit hinauf die Beziehungen gehen, über welche Frau Dr. Pichelmayer verfügt?"

Hier machte der Oberstaatsanwalt eine Pause und sah Falk erwartungsvoll dabei an.

Falk hielt dem Blick seines Gegenübers stand, holte tief Luft und antwortete dann auf die Fragen des Oberstaatsanwalts:

„Was Ihre Frage mit den guten Geistern betrifft, so kann ich Ihnen keine Antwort darauf geben, weil ich nicht weiß, ob ich überhaupt über welche verfüge.

Was jedoch die Frage zu der Frau angeht, die sich mir gegenüber so unmöglich benommen hat, so verweigere ich die Antwort, weil ich meine gute Kinderstube nicht verlassen möchte.

Und die Beziehungen jener Dame betreffend, vermute ich, dass sie nicht ganz bis zum Himmel reichen, auch wenn die Frau Doktor das gerne glauben möchte."

Hier machte der Oberstleutnant eine Pause und schaute nun seinerseits erwartungsvoll zu Dr. Zirner.

„Sie denken wohl, Sie sind ganz besonders schlau, Brunner.“

Die Stimme des Herrn Oberstaatsanwalts hatte ihre Souveränität abgestreift und war einer hysterischen Klangfarbe gewichen.

„Ihr Verhalten wird Folgen haben; das verspreche ich Ihnen.“

Falk konnte sich ein Lächeln nicht verkneifen.

„Das war‘s dann wohl, nehme ich an. Und bevor ich es vergesse: Es heißt entweder Obstlt Brunner oder Herr Brunner. Am besten, Sie schreiben es sich auf.

Ich wünsche Ihnen noch einen schönen Tag, Herr Oberstaatsanwalt.“

Und bevor Dr. Zirner reagieren konnte, hatte Obstlt Brunner den Raum bereits verlassen.

*****

Falk hatte seinen jungen Kollegen gebeten, sich der Vermögensverhältnisse des Professors anzunehmen.

„Hast du etwas Verwertbares herausfinden können?“

„Nicht wirklich“, kam die lapidare Antwort von Gerhard Maurer, *„die Familie verfügt über ein beträchtliches Vermögen.“*

„Dann können wir wohl die potenzielle Spielsucht des Professors ausschließen“, sagte Falk und Gerhard fügte hinzu:

„Womit wir wieder im Rotlichtmilieu wären.“

„Das glaube ich nach wie vor nicht“, mischte sich nun Christine ein. *„Wir sollten uns einmal mit den Rotarier Freunden des Professors beschäftigen.“*

„Glaubst du, dass wir dort den Mörder finden werden?“, fragte Gerhard erstaunt.

„Das glaube ich nicht“, erwiderte Christine, *„aber vielleicht können wir mehr über die Person Gottfried Pichelmayer in Erfahrung bringen.“*

„Eine gute Idee, Christine“, sagte Falk, *„das machst dann du. Und Gerhard durchforscht den Social-Media-Dschungel, ob er etwas herausfinden kann.“*

Christine lachte, als sie das hörte.

„Glaubst du wirklich, dass diese Familie Social Media nutzt?“

„Warum nicht“, erwiderte Falk, *„heutzutage macht das doch jeder. Oder?“*

*****

Rotarier sind ein Club, dem gern nachgesagt wird, dass er elitär aufgestellt ist. Und wenn man betrachtet, welche „Kapazunder" da schon mitgemacht haben und wer noch immer dabei ist, dann liegt die Vermutung schon recht nahe: Da wären z. B. Thomas Mann, Albert Schweitzer, Konrad Adenauer, US-Präsidenten und diverse gekrönte Häupter.

Als Obstlt Brunner und Mjr Tanner um eine Unterredung baten, hielt man sich zuerst vornehm zurück, um dann doch einem Treffen zuzustimmen.

Ein gewisser Dr. Peter Kirchner und eine Frau Dr. Irmgard Pöschl setzten sich mit den beiden Kriminalisten zusammen, um über den Verstorbenen zu sprechen.

Als Dr. Kirchner seine Begleiterin vorstellte, fügte er hinzu, dass die Frau Doktor Juristin wäre. Das sollte wohl ein Hinweis darauf sein, dass die Befragung rechtens zugehen sollte.

Falk begann mit der Befragung.

„Was können Sie uns über den Menschen, Prof. Pichelmayer sagen?

Sie treffen sich ja regelmäßig in wöchentlichen Abständen, und da weiß man ja bestimmt das eine oder andere über seine Kollegen. "

Dr. Irmgard Pöschl sah Falk an und lächelte.

„Sie haben sich anscheinend gut informiert, Herr Kommissar. Nur dass wir uns nicht als <Kollegen> betrachten, sondern als Freunde.“

„Ich entschuldige mich, Frau Doktor“, erwiderte Falk, „aber das mit den wöchentlichen Treffen stimmt doch, nicht wahr?“

„Aber ja, Herr Kommissar“, sagte Dr. Pöschl, „das gehört zu unseren Pflichten, die wir sehr gern und gewissenhaft vornehmen.“

Christine hatte bemerkt, dass zwischen Falk und der Frau Doktor ein erotischer Funkenflug entstanden war. Um dem ein Ende zu setzen, führte sie die Befragung fort.

„Herr Dr. Kirchner, hatten Sie oder ein anderer Ihres Clubs auch privaten Kontakt mit dem Professor?“

Ein kurzer Blick des Gefragten zu Frau Dr. Pöschl legte die Vermutung nahe, dass man keine große Bereitwilligkeit hegte, Fragen vorbehaltlos zu beantworten.

Falk hatte es ebenso bemerkt wie Christine und übernahm. Er wandte sich wieder an die Frau Doktor.

„Bitte, korrigieren Sie mich, wenn ich falsch zitiere.
Es gibt für Rotarier eine 4-Fragen-Probe, nach der er sich richten soll:

1. Ist es wahr?
2. Ist es fair für alle?
3. Fördert es Freundschaft und guten Willen?
4. Dient es dem Wohl aller Beteiligten?"

Frau Dr. Pöschl lächelte erneut. Sie erkannte, dass ihr in Gestalt des Ermittlers ein adäquater Gesprächspartner gegenübersaß.

„Die Formulierung ist zwar etwas vereinfacht; aber im Kern ist sie stimmig."

Irmgard Pöschl hatte die Worte langsam und eher verhalten ausgesprochen. Sie wartete darauf, dass dem Gesagten des Kriminalbeamten noch etwas folgen würde.

Und sie wurde nicht enttäuscht.

Obstlt Falk Brunner packte den Stier bei den Hörnern. Er schaute zuerst zu Dr. Kirchner und dann wieder zurück zu Dr. Pöschl und sagte dann:

„Ist es für Sie vorstellbar, dass Professor Gottfried Pichelmayer Verbindungen ins Rotlichtmilieu pflegte?"

Die Antwort kam postwendend von Frau Dr. Pöschl:

„Vorstellbar ist vieles im Leben eines Menschen. Vorstellbar ist z. B. auch, dass Sie heute noch einen tödlichen Unfall erleiden könnten.

Es ist mir bewusst, dass Sie mit dieser Frage auf Punkt 1 der 4-Fragen-Probe anspielen, was ich im hohen Maße als taktlos und geschmacklos finde.

Unser Freund, Professor Pichelmayer, war ein Mann von höchster Reputation und sein Verlust trifft uns alle sehr schwer.

Ich möchte Sie bitten, dass Sie jetzt augenblicklich diesen Raum verlassen. Und wenn Sie weitere Fragen - ich meine sinnvolle Fragen - haben, dann laden Sie uns vor.

In der Zwischenzeit werde ich ein Gespräch mit dem Polizeipräsidenten führen. Auf Wiedersehen!"

*****

Das Unausbleibliche passierte. Frau Dr. Irmgard Pöschl hatte ihre Drohung wahr gemacht. Falk Brunner wurde zum Oberstaatsanwalt zitiert, und dieser reichte die Schelte des Polizeipräsidenten an den Oberstleutnant weiter.

Jetzt stand der Sünder wie ein kleiner Junge vor „Paulus" Zirner, der ihn genüsslich zusammenfaltete, und Falk schluckte die bittere Pille, ohne dagegen zu opponieren.

Dem Ganzen war vorausgegangen, dass er sich von Christine die Frage gefallen lassen musste, ob er noch recht bei Sinnen wäre…

„So viel zum Wahlspruch dieses Vereins“, sagte Falk, als er zu seinen Kollegen zurückgekehrt war. Er konnte seine Wut und seine Enttäuschung nur mühsam unterdrücken.

„Was ist das für ein Wahlspruch?“, fragte Gerhard.

Falks sah den jungen Kollegen zuerst vorwurfsvoll an, antwortete aber dann:

„Service above self, was auf selbstloses Dienen hinweisen soll.

Wie verträgt sich das damit, dass dieses Miststück sich gleich an den Rockzipfel der Mächtigen hängt, um sich über mich zu beschweren?“

Christine bemerkte, dass Falk gerade drohte, sich in einem verbalen Strudel zu verfangen und sagte:

„Jetzt komm wieder runter, Falk! Du musst zugeben, dass dein Auftritt bei den Herrschaften nicht gerade sehr diplomatisch war.“

„Na und?“, stieß Falk hervor, *„ich habe doch nur eine ganz einfache Frage gestellt.“*

Es war offensichtlich, dass jedes weitere Wort von Christine in dieser Angelegenheit „Öl ins Feuer gießen“ wäre, und sie wechselte das Thema.

„Was hältst du davon, der hohen Geistlichkeit einen Besuch abzustatten?“

„Von mir aus", brummte Falk, *„aber das machst du mit Gerhard. Nicht, dass ich mich wieder daneben benehme."*

„Jawohl, Herr Oberstleutnant!"

Christine hatte diese Worte in einem zackigen Tonfall gesagt und Haltung dabei angenommen, was dazu führte, Falk ein Lächeln abzuringen.

Falk mochte seine Kollegin sehr. Er hatte nie verstanden, wie sie mit einem Mann, wie Peter Michael Tanner, verheiratet sein konnte.

Christine war ein offenes Wesen, eine Frohnatur, im Gegensatz zu Michael, der zum Lachen in den Keller ging. Und Emma, die Tochter der beiden, hatte leider die Gene ihres Vaters geerbt.

Als Falk und Christine im Rahmen einer Ermittlung einmal außerhalb Wiens übernachten mussten, waren sie sich sehr nahegekommen.

Eine Mischung aus Frust und Alkohol hatte dazu geführt, dass sie die Nacht miteinander verbrachten.

Als sie am nächsten Morgen gemeinsam beim Frühstück saßen, sprachen sie kein Wort darüber.

Es war bei dem einen Mal geblieben und stand auch zu keiner Zeit zwischen ihnen…

*****

Pfr. Franz Gruber empfing die beiden Ermittler mit großer Herzlichkeit. Er hatte Kaffee und Kuchen vorbereiten lassen.

„Ich habe Sie eigentlich schon viel früher erwartet", sagte er, während er ein großes Stück Kuchen auf Christines Teller platzierte.

„Darf ich Sie fragen, warum?", erwiderte Christine.

„Nun, der gute Gottfried war nicht nur Organist in unserer Kirche, er war auch ein Freund."

„Heißt das, Sie pflegten auch privaten Kontakt mit dem Ermordeten?", fragte Christine.

Pfr. Gruber legte den Kopf leicht zur Seite und sah Christine liebevoll an.

„Ich fände es schöner, wenn wir über Gottfried von einem Verstorbenen reden könnten, anstatt von einem Ermordeten. Das klingt so schrecklich."

„Das wäre aber nicht korrekt, Herr Pfarrer", eiferte sich Gerhard Maurer, *„ein Verstorbener fand den Tod ohne Gewalteinwirkung, im Gegensatz zu einem Ermordeten."*

Christine sah Gerhard vorwurfsvoll an. Natürlich hatte er in der Sache recht; aber ein wenig mehr Feingefühl hätte ihn besser schweigen lassen.

„Wir machen das natürlich sehr gern, wenn Sie das möchten", sagte Christine und fügte hinzu:

„Darf ich die Frage noch einmal wiederholen? Hatten Sie auch privaten Kontakt zu Professor Pichelmayer?"

„Ja, Frau Kommissar", antwortete Pfr. Gruber, *„wir waren ja ungefähr im selben Alter und wir liebten beide Schach."*

„Was war der Verstorbene für ein Mensch?", fragte Christine.

Und wieder neigte der geistliche Herr seinen Kopf leicht zur Seite, bevor er antwortete:

„Der liebe Gottfried – der Herr schenke ihm ewigen Frieden – war ein ganz wunderbarer Mensch. Er war ein guter Ehemann, ein liebender Vater und ein Christ.

Er war ein gewiefter Schachspieler und ein ausgezeichneter Organist. Ich liebte sein Orgelspiel.

Ich habe nie ein böses Wort von ihm gehört und er hatte auch keine Feinde. Alle mochten und schätzten ihn."

Christine fragte sich gerade, warum einige Vertreter der Kirche gern den Kopf zur Seite neigen, wenn sie etwas „Geistliches" von sich geben. Man kann das immer wieder einmal beobachten.

„Und doch gibt es jemand, der den Professor so sehr hasste, dass er ihn umbrachte."

Oblt Gerhard Maurer hatte einmal mehr zugeschlagen.

Christine bedauerte in diesem Augenblick, dass sie die Befragung nicht allein durchführen konnte. Sie beschloss, das Gespräch zu beenden, bevor der übereifrige Kollege weiteren Schaden zufügen würde.

„Ich danke Ihnen sehr, Herr Pfarrer. Sie haben uns sehr geholfen. Wir dürfen uns verabschieden und wünschen Ihnen noch einen wunderschönen Tag!"

Als die beiden Ermittler im Auto saßen, machte Gerhard Maurer seinem Unverständnis Luft.

„Wieso haben wir den Pfarrer nicht gefragt, ob der Professor im Rotlichtmilieu verkehrte?"

„Du musst noch sehr viel lernen, Kollege", erwiderte Christine. *„Der Pfarrer hat die Antwort, das Rotlichtmilieu betreffend, bereits gegeben, noch bevor wir die Frage gestellt haben."*

„Das versteh ich jetzt nicht", sagte Gerhard.

„Genau das ist der Punkt", antwortete Christine lächelnd, *„du musst noch lernen, zwischen den Zeilen zu lesen."*

*****

Falk war überrascht, dass Oskar Pichelmayer, der Sohn des Ermordeten, ohne Zögern der Aufforderung, in die Dienststelle zu kommen, gefolgt war.

„Ich danke Ihnen sehr, dass Sie gekommen sind, Herr Pichelmayer und lassen Sie mich Ihnen mein Beileid zum Tod Ihres Vaters aussprechen."

„Das ist sehr freundlich von Ihnen, Herr Kommissar."

Oskar Pichelmayer, ein Mann in den besten Jahren, als Banker tätig, saß in feinem Zwirn gekleidet Falk gegenüber. Er wirkte sehr ernst, was in Anbetracht des Verlustes seines Vaters durchaus nachvollziehbar war.

„Es tut mir sehr leid, dass mein Besuch bei Ihrer Familie zu Hause so unerfreulich verlaufen ist, und ich möchte mich nachträglich noch dafür entschuldigen."

„Das ist nicht nötig, Herr Kommissar", erwiderte Oskar Pichelmayer, *„dafür besteht überhaupt kein Grund. Ganz im Gegenteil. Ich entschuldige mich für den Gefühlsausbruch meiner Frau Mama.*

So behandelt man keinen Gast. Bei meinem Vater hätte es so etwas nicht gegeben."

Falk sah seinen Besucher überrascht an. Das hatte er nicht erwartet. Es war unübersehbar, dass Oskar Pichelmayer eine hohe Meinung von seinem Vater hatte.

„*Wenn Sie erlauben, möchte ich Ihnen jetzt ein paar Fragen stellen.*“

„*Fragen Sie, Herr Kommissar*“, sagte Oskar Pichelmayer und sah Falk fest in die Augen.

Falk war leicht verunsichert. In Oskar Pichelmayer erlebte er gerade das völlige Kontrastprogramm zu dessen Mutter.

„*Erzählen Sie mir bitte etwas über Ihre Familie.*“

Jetzt zeigte sich Oskar Pichelmayer leicht verunsichert.

„*Wie darf ich Ihre Frage verstehen?*“

„*Nun, wie war das Verhältnis untereinander, wie sind Ihre Interessen?*“, erwiderte Falk.

Oskar Pichelmayer zögerte einen Moment, bevor er antwortete.

„*Das Verhältnis war gut, würde ich sagen. Mein Vater war der Patriarch. Streng aber gerecht. Meine Mutter ist nicht gerade das, was man eine liebevolle Mutter nennen könnte. Sie hat adelige Wurzeln und wurde eher preußisch erzogen, wenn Sie wissen, was ich meine.*

Uns Kindern hat es jedoch an nichts gefehlt. Meine Schwester und ich verstehen uns sehr gut. Ich durfte eine Banklehre machen und Klara hat den Beruf einer

Erzieherin gewählt. Wir sind beide in unseren Tätigkeiten glücklich.

Was die Interessen angeht, nach denen Sie mich gefragt haben, so liegen sie bei mir in der Musik und in der Literatur."

Christine, welche der Befragung beiwohnte, war überrascht, dass Oskar seine Schwester ebenfalls „Klara" nannte und nicht „Yolanthe".

„Spielen Sie selbst ein Instrument, Herr Pichelmayer?"

„Leider nein, Frau Kommissar", antworte Oskar, *„dazu fehlte mir immer die Zeit."*

„Ich dachte nur, weil Ihr Vater ja Organist in der Kirche war", sagte Christine.

„Ja, und ein sehr guter sogar", erwiderte Oskar.

„Welche Interessen verfolgt Ihr Schwester?", fragte nun wieder Falk.

Oskar musste nachdenken.

„Früher hat sie ein wenig Tennis gespielt. Aber inzwischen geht sie ganz in ihrem Beruf auf."

„Was macht sie genau?", fragte Christine.

„Sie ist Kindergärtnerin."

„Ein schöner und wichtiger Beruf", sagte Christine.

„Das stimmt", erwiderte Oskar, *„Klara liebt ihn sehr. "*

Falk hatte interessiert zugehört.

„Ich würde Ihnen gern eine sehr persönliche Frage über Ihren Vater stellen, Herr Pichelmayer; möchte aber Ihre Gefühle nicht verletzen. "

Oskar Pichelmayer lächelte.

„Ich kann mir schon denken, was Sie fragen wollen. Aber Sie haben Angst, sich wieder eine blutige Nase dabei einzufangen. Habe ich recht? "

Jetzt lächelte auch Falk.

„Na gut", sagte er bedächtig, *„dann nehme ich einmal allen Mut zusammen und frage Sie: Hatte Ihr Vater Berührungspunkte im Rotlichtmilieu? "*

„Ja. "

Die Antwort von Oskar Pichelmayer kam schnell und bestimmt. Falk und Christine sahen einander an und waren gleichermaßen überrascht.

„Ich sehe, meine Antwort überrascht Sie. Hatten Sie meine Antwort nicht erwartet oder vielleicht sogar erhofft? "

Zur Überraschung von Falk und Christine kam jetzt noch Verwirrung dazu. Und das in reichem Maße.

Falk wollte darauf antworten, aber Oskar Pichelmayer kam ihm zuvor.

„Mein Vater, der ehrenwerte Professor, war nicht der Heilige, als den ihn alle hinstellen wollen.

Er war ein Mann aus Fleisch und Blut. Er hatte Stärken und Schwächen, und er hatte eine Ehefrau, die lustfeindlich erzogen wurde. Also erfüllte er seine Bedürfnisse außer Haus.

Meine Mutter tolerierte es. Der gute Ruf der Familie Pichelmayer stand über den Dingen. Wir Kinder kamen irgendwann dahinter. Klara liebte ihren Vater viel zu sehr, als dass sie es verwerflich gefunden hätte. Und mir war es egal."

„Hassten Sie Ihren Vater?"

Oskar sah Christine entsetzt an.

„Um Gottes willen, nein!"

Oskar Pichelmayer hatte es förmlich hinausgestoßen und seine Entrüstung war glaubhaft.

„Mein Vater hat mir all seine Liebe geschenkt und er hat mich lebenstüchtig gemacht."

„*Was soll das heißen, <lebenstüchtig>*“, fragte Christine.

„*Er hat mich in die Literatur eingeführt. Ich durfte schon als Vierzehnjähriger den <Faust> lesen und durch ihn verstehen lernen.*

Er hat mich als Student in eine schlagende Verbindung gebracht. Das mögen viele ablehnen; aber es hat mich stark gemacht. Es hilft mir in meinem Berufsleben.

Heute bin ich Pazifist, weil ich Gewalt verabscheue; aber meinen Schmiss[4] trage ich mit Stolz.“

Oskar zeigte auf eine feine Narbe an der Wange.

„*Wissen Sie, ob Ihr Vater regelmäßig das <Happiness> aufsuchte oder ob er eine bestimmte Liebesdienerin bevorzugte?*“

Falk lenkte das Gespräch wieder in die ursprüngliche Richtung.

„*Dazu kann ich Ihnen überhaupt nichts sagen*“, antwortete Oskar, „*das ist nicht meine Welt.*“

„*Hat Sie Ihr Vater nie animiert, selbst einmal diese Welt kennenzulernen?*“, fragte Falk.

---

[4] *Schnittverletzung (Narbe) durch eine Mensur in einer Schlagenden Studentenverbindung.*

„*Nein*“, antwortete Oskar, „*das hätte er niemals gemacht.*“

„*Und warum nicht?*“, fragte Falk.

„*Weil er Stil und Klasse hatte. Das Ordinäre, welches Männer im Allgemeinen mit diesem Milieu verbinden, war meinem Vater fremd.*

Der Besuch dieser Damen war für meinen Vater eine physische und psychische Notwendigkeit, der er nachgegangen ist. Nicht mehr und nicht weniger.“

Nachdem Oskar Pichelmayer gegangen war, entstand eine heftige Diskussion unter den drei Ermittlern.

„*Glaubst du das alles, was uns Oskar erzählt hat?*“, fragte Falk Christine.

„*Ja*“, antwortet Christine, „*du etwa nicht?*“

„*Ich weiß nicht so recht*“, sagte Falk, „*jetzt sind wir schon wieder im Rotlichtmilieu.*“

„*Dann sollten wir vielleicht noch einmal mit Chantal reden*“, schlug Gerhard vor, worauf Falk erwiderte:

„*Aber dieses Mal werde ich die Befragung durchführen.*“

*****

„Grüß Gott, Frau Meisner, oder soll ich Sie lieber <Chantal> nennen?"

Petra Meisner gab auf Falks Frage keine Antwort und sagte stattdessen:

„Wo ist Ihre nette Kollegin?"

„Sie müssen heute mit mir vorliebnehmen, Frau Meisner", antwortete Falk und versuchte mit einem Lächeln, sein Gegenüber sich ihm gewogen zu machen.

„Sie können mich gerne fragen, Herr Kommissar, aber ich werde nicht antworten."

Falk drehte sich um und schaute in Richtung Glasscheibe, hinter der sich Christine und Gerhard aufhielten.

„Ich glaube, der Chef braucht dich", sagte Gerhard, und in seiner Stimme lag ein wenig Schadenfreude. So sehr er sich auch über einen langen Zeitraum schon bemühte, Falk und er konnten einfach nicht zusammenfinden.

Ein kurzes Kopfnicken von Falk unterstrich Gerhards Vermutung und Christine ging in den Verhörraum hinein.

„Hallo Petra! Ich hoffe, es geht Ihnen gut."

„Ich kann nicht klagen", erwiderte Petra Meisner, *ein warmes Zimmer und geregelte Mahlzeiten; nur das Bett könnte weicher sein."*

Christine lachte.

„Sie haben einen feinen Humor, Petra; das mag ich."

„Und ich mag Sie, Kindchen", erwiderte Petra Meisner.

Falk hatte Mühe, nachzuvollziehen, was da gerade geschah. Dieses leutselige Gefasel ging ihm gewaltig gegen den Strich.

„Können wir jetzt endlich beginnen?", unterbrach er rüde und zog sich damit den Unmut der beiden Frauen zu.

„Aber ja doch", erwiderte Petra Meisner in einem ähnlichen Tonfall, *„aber wie schon gesagt: Die Frau Kommissar fragt, ich antworte, und Sie hören zu."*

Das war Falk eindeutig zu viel. Er stand abrupt auf und verließ den Raum.

„So, jetzt passt es", sagte Petra Meisner, *„stellen Sie Ihre Fragen, Frau Kommissar!"*

„Wir drehen uns im Kreis, Petra, und wir bekommen Druck von oben."

Als Falk, der jetzt auch hinter der Glasscheibe stand, das hörte, sagte er voller Entsetzen:

„Ist die verrückt? Das kann sie doch nicht sagen.“

„Und warum nicht?“, erwiderte Gerhard.

Anstatt zu antworten, warf Falk seinem Kollegen einen vernichtenden Blick zu und entfernte sich. Gerhard wandte seine Aufmerksamkeit wieder Christine zu, die in seinen Augen die bessere Ermittlerin war.

„Die Gretchenfrage, die uns beschäftigt, heißt: Verkehrte Professor Gottfried Pichelmayer im Rotlichtmilieu oder nicht?

Ich hoffe sehr, liebe Petra, Sie können uns da weiterhelfen.“

Petra Meisner lächelte. Die Art, wie die Kommissarin mit ihr umging, tat ihr wohl. Sie konnte sich nicht erinnern, wann irgendjemand sich ihr gegenüber so nett verhielt. Sie war eine abgetakelte Prostituierte, die ihre besten Zeiten schon längst hinter sich hatte, und wie ein altes Ross ihr Gnadenbrot erhielt. Freier hatten das Interesse an ihr schon weitgehend verloren.

„Ich würde Ihnen ja gerne weiterhelfen, Frau Kommissar, aber wie ich schon gesagt habe, war der Professor kein regelmäßiger Gast bei uns. Ich habe auch schon die anderen Mädels gefragt, und die haben das nur bestätigt.“

„Aber wieso wurde er dann in Ihrem Etablissement gefunden?", setzte Christine nach.

„Das ist und bleibt ein Rätsel", antwortete Petra Meisner, *„als ich ins Zimmer kam, lag er da. Einfach so…"*

Christine sah Petra enttäuscht an.

„Könnte es sein, dass der Professor trotzdem einen Hang zu diesem Gewerbe hatte?"

„Sie meinen, ob er gern und oft außer Haus gevögelt hat?", fragte Petra Meisner.

Christine musste ob der deftigen Ansage von Petra schmunzeln. Sie musste unwillkürlich an ein lateinisches Zitat aus ihrer Schulzeit denken: „Vox populi-vox Dei".[5]

„Das kann schon sein", fuhr Petra Meisner fort, *„nur weil ich ihn nicht kenne, heißt das nicht, dass er sich nicht anderweitig vergnügt hat. Häuser wie unseres gibt ja genug in der Stadt."*

„Daran habe ich auch schon gedacht", erwiderte Christine, *„aber die Frage bleibt dennoch: Warum wurde die Leiche in Ihrem Etablissement gefunden?"*

Petras Antwort war ein Achselzucken.

---

[5] *„Volkes Stimme ist Gottes Stimme."*

Christine zeigte Petra eine Fotografie der Leiche und wies auf den Schriftzug hin.

„TOXICUS CUPIDITAS – das heißt <giftiges Verlangen>. Können Sie damit etwas anfangen?"

Petra Meisner sah die Fotografie lange an und sagte dann:

„Ein Perverser vielleicht? Ich habe keine Ahnung. Vielleicht ein Racheakt? Was war eigentlich die Todesursache?"

Christine war überrascht, dass Petra das fragte. Sie überlegte kurz, ob sie die Frage beantworten sollte.

„Ein einziger Stich ins Herz", antwortete Christine sodann und sah Petra dabei ins Gesicht.

Sie entdeckte Mitgefühl bei der Frau, die durch ihren Beruf doch eigentlich abgestumpft sein müsste.

„Dann hat der Mann wenigsten nicht leiden müssen", sagte Petra Meisner leise, *„vorausgesetzt die Tätowierung erfolgte erst danach..."*

Christine beendete die Befragung, gab Petra Meisner die Hand und wünschte ihr alles Gute. Als die Befragte zurück in ihre Zelle gebracht wurde, ließ sie für Christine ein dankbares Lächeln zurück.

*****

Ein anonymer Hinweis, in Form eines Schreibens an das LKA, brachte endlich den Durchbruch.

„Verhaften Sie Aspasia vom Happiness. Sie hat den Professor ermordet."

Die Worte waren mit einem Computer geschrieben und ohne Unterschrift.

„Findet ihr das nicht auch ein wenig seltsam?", sagte Christine, als sie das Schreiben las. *„Auf einmal wird uns der Mörder auf dem Silbertablett serviert."*

„Ich habe es ja gleich gesagt, es war eine Prostituierte, die den Professor ins Jenseits befördert hat."

Falk sah Gerhard Maurer missbilligend an und sagte:

„Rede keinen Mist und hol die Dame sofort hierher!"

Gerhard hatte einmal mehr die ablehnende Haltung seines Kollegen gegen seine Person zu spüren bekommen. Er verließ mit hängendem Kopf den Raum.

„Warum machst du das?", sagte Christine.

„Was meinst du?"

„Frag nicht so scheinheilig", erwiderte Christine, *„du weißt genau, was ich meine."*

„Mir geht seine unqualifizierte Besserwisserei auf den Geist.“

Christine musste unwillkürlich an ihre Anfänge als Polizeischülerin denken.

„Mein Gott, er ist halt noch jung. Du warst auch nicht anders in seinem Alter.“

„Hallo“, erwiderte Falk, *„der Kerl ist einunddreißig. Das ist man doch nicht mehr jung.“*

„Aber auf jeden Fall jünger als du, alter Mann“, sagte Christine lachend.

„Du hast ein ganz schön loses Mundwerk, Kollegin und nicht den geringsten Respekt meinem höheren Dienstgrad gegenüber“, erwiderte Falk, der sich vom Lachen Christines anstecken ließ.

„Du kannst dich ja beim Doktor beschweren“, sagte Christine, die gerade großen Gefallen an dem Wortgeplänkel empfand.

Falk beendete es mit den Worten:

„Glaubst du, dass an dem Schreiben etwas dran ist?“

„Eher nicht“, erwiderte Christine, *„die Geschichte stinkt. Tut mir leid ...“*

*****

Annemarie Fenderl war die Tochter eines griechischen Gastarbeiters und einer niederösterreichischen Fabrikarbeiterin.

Sie wurde auf den Namen Aspasia, Annemarie Fenderl getauft. Der Vater, Jorgos Papadakis, der bei der Heirat den Namen seiner Braut angenommen hat, hatte auf „Aspasia" bestanden, was so viel wie „Willkommen" oder „Umarmung" bedeutet.

Maria Fenderl, Aspasias Mutter, rief das Kind von Anbeginn mit ihrem Zweitnamen „Annemarie" bzw. „Annemirl", was so viel wie schön und widerspenstig, trotzig und bitter bedeutet.

Aspasia, Annemirl Fenderl wurde ihren beiden Vornamen gerecht. Mit sechzehn kam sie mit schlechter Gesellschaft in Berührung. Ständigen Auseinandersetzungen im Elternhaus ausgesetzt, verließ sie dieses bei Nacht und Nebel.

Sie verliebte sich unsterblich in einen Mann, der sie schon sehr bald anschaffen schickte. Alkohol und Rauschgift ließen sie immer mehr abgleiten und wenn sie eine gute Freundin nicht ins „Happiness" vermittelt hätte, gäbe es sie vermutlich nicht mehr.

Die Betreiberin des Bordells, Klarissa Piszcek, bestand auf den Namen „Aspasia", den Namen für die langjährige Kurtisane des antiken athenischen Politikers Perikles.

Es sind jedoch berechtigte Zweifel angebracht, ob sich unter der Klientel des Lusttempels viele Personen befanden, denen der geschichtliche Hintergrund des Namens bewusst war.

Aspasia machte ihrem Namen alle Ehre, sie hieß viele Freier willkommen, um sie zu umarmen. Die Gene ihres Vaters hatten aus ihr eine interessante Erscheinung gemacht: eine kleine, zierliche Person mit schwarzen Haaren, schwarzen Augen und einer stark gewölbten griechische Nase.

*****

„Aus welcher Gegend Griechenlands stammen Sie, Frau Fenderl?"

Aspasia sah Christine misstrauisch an. Ihre bisherigen Erfahrungen mit der Polizei hatten sie vorsichtig gemacht.

„Ich stamme aus Ottakring[6], Frau Kommissar."

Christine musste ein Lächeln unterdrücken. Sie hatte nicht daran gedacht, dass Aspasia in Österreich auf die Welt gekommen war.

„Natürlich", sagte sie, *„ich meinte, von wo Ihre Eltern kommen?"*

„Meine Mutter ist Wienerin und mein Vater kommt aus einem kleinen Dorf in Ostmakedonien."

----

⁶ *16. Wiener Gemeindebezirk*

Christine beließ es dabei. Sie wollte mit ihrer Frage eine Vertrauensbasis schaffen, was aber irgendwie danebenging.

„Ostmakedonien ist eine der ärmsten Regionen Griechenlands."

Aspasia hatte den Dialog wieder aufgenommen und Christine spielte mit.

„Waren Sie schon einmal dort?", fragte Christine, worauf Aspasia antwortete:

„Nein, ich weiß es nur von Erzählungen meines Vaters. Seine Eltern hatten einen Bauernhof; aber sie sind schon beide gestorben. Ich habe sie noch nicht einmal kennenglernt ..."

Als Aspasias Augen sich mit Tränen füllten, empfand Christine Mitleid mit der Frau, die angeblich den Professor ermordet haben sollte.

Christine musste sich zwingen, um auf den eigentlichen Grund der Befragung zu kommen.

„Sie wissen, warum Sie hier sind, Frau Fenderl?"

Aspasia schüttelte den Kopf.

„Nicht so wirklich, Frau Kommissar. Man hat mir nur gesagt, ich sei verhaftet."

Christine sah in die dunklen Augen der Frau, die ihr gegenüber saß, in denen sich blankes Unverständnis widerspiegelte.

„Man wirft Ihnen vor, Professor Gottfried Pichelmayer ermordet zu haben."

Die Reaktion von Aspasia überraschte Christine. Sie hatte erwartet, dass die Beschuldigte heftig opponieren würde, aber stattdessen fragte diese:

„Wer ist das?"

Christine wusste gerade nicht weiter. Sie drehte sich um, blickte zu der Glasscheibe hinter sich, als wolle sie die dahinter Stehenden um Rat bitten.

Falk und Gerhard waren nicht minder erstaunt über das, was da gerade ablief.

„Sie wissen nicht, wer Professor Pichelmayer ist?", fragte Christine.

Aspasia schüttelte erneut den Kopf.

„Ich höre den Namen zum ersten Mal, Frau Kommissar."

„Professor Pichelmayer wurde im „Happiness" ermordet aufgefunden. Das ist doch Ihre Arbeitsstätte oder nicht?"

„Ja, das stimmt, Frau Kommissar; aber ich kenne den Mann trotzdem nicht."

Christine wunderte sich, dass Aspasias Antworten beinahe emotionslos aus ihr herauskamen, und ihre Zweifel, bezogen auf Aspasias Schuld, nahmen gerade weiter zu.

„Man hat aber die Tatwaffe in Ihrer Wohnung gefunden, Frau Fenderl.“

Selbst dieser schwere Vorwurf vermochte die Gemütsverfassung nicht zu beeinflussen.

Entweder war Aspasia eine brillante Schauspielerin oder sie war wirklich unschuldig.

Als Aspasia erwiderte *„die muss mir irgendjemand untergeschoben haben“*, war Christine endgültig von Aspasias Unschuld überzeugt.

„Haben Sie vielleicht einen Verdacht, wer Ihnen so etwas antun würde?“

Aspasia schüttelte den Kopf. Eine Antwort gab sie nicht.

„Haben Sie vielleicht einen Kunden verärgert? Oder gibt es eine eifersüchtige Kollegin?“

Christine hätte die Befragung an diesem Punkt am liebsten abgebrochen. Sie fühlte sich unwohl. Es war das erste Mal, dass ihr die Arbeit als Ermittlerin, die sie immer sehr gerne machte, widerstrebte.

„*Ich bin gut, in dem, was ich mache. Ich habe nur zufriedene Kunden. Und mit meinen Kolleginnen versteh ich mich sehr gut. Und zwar mit allen.*“

Es klang fast ein wenig trotzig. So, als fühle sie sich in ihrer Ehre als Liebesdienerin gekränkt. Aspasia sah Christine eindringlich an und fügte hinzu:

„*Und meine Chefin ist auch sehr zufrieden mit mir.*“

*****

Nachdem Christine die Befragung beendet hatte, führte sie mit Falk und Gerhard eine hitzige Diskussion.

Während Falk sich eher der Meinung von Christine anschloss, wich Gerhard keinen Millimeter von seiner Überzeugung ab, dass Aspasia die Mörderin sei.

„*Wir haben die Mordwaffe, den Tatort und die Frau, die bei dem Ermordeten vorgefunden wurde. Was wollt ihr noch? Aspasia ist eindeutig die Mörderin.*“

„*Und was ist mit dem Motiv?*“

Christine sah Gerhard fragend an.

„*Was weiß ich?*“, wich Gerhard aus, „*irgendeinen Grund wird sie schon gehabt haben.*“

„Das ist mir alles zu dünn", sagte Falk, *„ich habe nicht den Eindruck, dass Frau Fenderl so dumm ist, die Tatwaffe bei sich zu Hause einfach so herumliegen zu lassen."*

Christine freute sich darüber, dass Falk Aspasia gerade mit ihrem Nachnamen genannt hatte, war es doch ein gewisses Zeichen für Respekt.

Gerhard konnte seine Enttäuschung nur schwer verbergen, dass er mit seiner Überzeugung allein dastand. Er stand auf und verließ den Raum, indem er die Tür zuknallte.

„Der spinnt wohl", sagte Falk, *„was glaubt er, wer er ist?"*

„Lass ihn", erwiderte Christine, *„er ist halt ein Heißsporn und muss noch viel lernen."*

„Ich glaube, ich sollte ihn mir einmal zur Brust nehmen und ihm beibringen, was Respekt ist."

„Aber nein", sagte Christine, *„der beruhigt sich schon wieder. Lass uns lieber zu Franzi gehen. Ich hätte da ein paar Fragen. Vielleicht kann sie uns weiterhelfen."*

Falk lächelte. Christine verstand es immer wieder, ihn auf Schiene zu bringen, wenn er zu entgleisen drohte…

*****

„Heute als Duo Infernale, das Spitzenteam der Ermittlerkunst. Welch Glanz in meiner Hütte."

Dr. Franziska Arnold begrüßte die Freunde auf ihre ganz spezielle Art.

„Was führt euch in die Niederungen der Medizin, ihr Erhabenen?"

Christine mochte die Art der Gerichtsmedizinerin sehr, während Falk manchmal so seine Probleme damit hatte. Heute jedoch war es anders.

„Gehts auch eine Nummer kleiner, Schneidermeisterin? Der Schwindel greift schon nach mir."

Franziska war überrascht.

„Hui! Der Mann hat Humor. Seid ihr es wirklich, Schrecken der Unterwelt und Beschützer der Bedrängten?"

„Jetzt ist aber Schluss", beendete Christine das Wortgeplänkel, *„das ist ja wie im Kindergarten. Können wir jetzt bitte sachlich werden?"*

Franziska und Falk sahen einander erstaunt an. Christines Reaktion war ungewöhnlich. Normalerweise machte sie solche Blödeleien gerne mit.

„Was ist los mit dir?", fragte Franziska.

„Entschuldigung", erwiderte Christine, *„ich muss halt ständig an die arme Frau Fenderl denken, die unschuldig in ihrer Zelle sitzt."*

„Sachte, sachte, Kollegin", erwiderte Falk, *„noch ist die Kuh nicht vom Eis."*

„Könnte mich jemand aufklären, um was es hier geht?"

Franziska konnte gerade nicht folgen.

„Es gibt eine Verdächtige, von der Christine vermutet, dass sie nicht die Täterin ist."

„Überzeugt – nicht vermutet", korrigierte Christine ihren Kollegen.

„Also, ihr Lieben; warum seid ihr zu mir gekommen?"

Damit führte die Gerichtsmedizinerin das Gespräch auf die berufliche Ebene.

„Wir wollen Genaueres über die tödliche Stichwunde wissen", antwortete Christine. *„Mann oder Frau? Wie zugefügt: von vorne, von hinten, von oben, von unten? Und was ist mit dem Schriftzug?"*

„Mann oder Frau - beides ist möglich", antwortete Dr. Arnold, *„und der Stich wurde von einem Linkshänder durchgeführt."*

„Wie kannst du das wissen?“, fragte Christine erstaunt.

„Durch den Verlauf des Stichkanals“, antwortete Franziska und erklärte den Ermittlern, wie das geht:

„Wenn ein Rechtshänder zusticht, dann verläuft der Weg der Klinge von oben nach Schrägrechts unten.

Das kann man zum Beispiel beobachten, wenn man eine Scheibe Wurst abschneidet oder ein Paradeiser aufschneidet. Der Schnitt verläuft nie gerade.

Und beim Linkshänder ist es genau umgekehrt.“

„Ich habe da noch etwas für euch“, fügte Franziska nach einem kurzen Moment des Erstaunens hinzu, der die beiden Ermittler gefangen hielt.

„Der Stich wurde von der Seite ausgeführt.“

„Wie das denn?“, fragte Falk.

„Das Opfer wurde ja auf dem Bett liegend vorgefunden. Der Täter oder die Täterin muss deshalb seitlich am Bett gekniet haben.“

„Oder er oder sie ist über dem Opfer gekniet“, sagte Falk.

„Nein, das ist nicht möglich“, entgegnete Dr. Arnold, *„die Schnittwunde verläuft quer.“*

„*Und wenn der Täter das Messer verdreht gehalten hat?*", wandte Christine ein.

„*Geht auch nicht. Dann würde man auf dem Körper des Toten Druckstellen finden.*"

Ratlosigkeit machte sich breit.

„*Eines verstehe ich nicht*", sagte Falk, „*wenn es keine Abwehrspuren gibt, und die hätte es doch geben müssen, wie war es dann möglich, den tödlichen Stich zu setzen?*"

„*Mit GHB*", antwortete die Gerichtsmedizinerin.

„*Und was ist das?*", fragte Falk.

„*Gamma-Hydroxybuttersäure, besser als <K.o.-Tropfen> bekannt.*"

„*Dann haben wir ja die Lösung*", sagte Falk euphorisch.

„*Eben nicht*", erwiderte Franziska, „*es wurde kein GHB im Blut gefunden, obwohl es 6 bis 12 Stunden nachweisbar sein müsste.*"

„*Das ist ja zum Verrücktwerden.*"

In diesen Worten Falks lagen Frust und Enttäuschung. Er blickte hilflos zu Christine, die in Gedanken versunken zu sein schien.

„*Du sagst gar nichts. Was ist los mit dir?*"

Frust und Enttäuschung drohten sich in Aggression umzuwandeln.

„Gottfried Pichelmayer wurde nicht im Happiness ermordet.“

Falk sah Christine ungläubig an. Was sie gerade gesagt hatte, ergab ein völlig neues Bild.

„Du glaubst, er wurde dort nur aufgebahrt, um den Verdacht des eigentlichen Täters oder Täterin auf eine der Prostituierten zu lenken?“

„Ja. Und die arme Aspasia hat ihn dort lediglich gefunden“, antwortete Christine.

„Dann sollten wir einmal ein paar Worte mit der Inhaberin des Bordells wechseln. Und zwar dringend.“

Die Befragung der Bordellbesitzerin Klarissa Piszcek erbrachte leider keine neuen Erkenntnisse. Sie verfügte über ein hieb- und stichfestes Alibi…

*****

Der Druck seitens der Staatsanwaltschaft wurde immer massiver. Er wurde noch durch ein Mitglied aus Regierungskreisen verstärkt, der zudem noch Rotarier war.

„Was soll ich tun", sagte Falk, als er vom Staatsanwalt zurückkam, *„soll ich mir einen Schuldigen aus den Rippen schneiden?"*

„Vielleicht kann ich weiterhelfen, Chef."

Falk sah seinen Kollegen nur an, sagte aber nichts. Gerhard Maurer hatte sich schon längst daran gewöhnt, dass er von seinem Vorgesetzten nicht die Wertschätzung erhielt, die er sich doch so sehr wünschte.

Er hatte diesbezüglich schon bei Christine sein Herz ausgeschüttet, jedoch ohne einen hilfreichen Rat von dieser zu erhalten.

Gerhard überlegte einen kurzen Augenblick lang, ob er einfach schweigen sollte, fuhr dann aber fort:

„Ich habe mir Verbindungsdaten der Familie Pichelmayer besorgt und Bankauszüge von der Puffmutter."

„Was hast du?"

Das nackte Entsetzen lag in diesen drei Worten von Falk.

„Wer hat dir das angeschafft? Ich war es nicht."

Falk sah zu Christine, welche die deftige Ausdrucksweise, die Inhaberin des Lusttempels betreffend, zu erheitern schien und sagte:

„Hast du es ihm angeschafft?"

„Nein", antwortete Christine, *„aber hör dir doch erst einmal an, was Gerhard zu sagen hat."*

Gerhards dankbarer Blick ging zu Christine, die ihm aufmunternd zunickte.

„Klarissa Piszceks Puff läuft nicht so gut. Sie hatte noch bis vor zwei Wochen einen Berg Schulden."

„Das heißt nicht <Puffmutter> und <Puff>, sondern <Bordell> und deren Besitzerin", korrigierte Falk.

„Lass ihn doch erst einmal ausreden", wies Christine ihren Kollegen zurecht.

„Vor zwei Wochen wurden 25000 Euro auf ihr Konto überwiesen."

„Und was ist daran so besonders?", fragte Falk.

„Der Absender der Überweisung", antwortete Gerhard.

„Und wer ist das? Vielleicht das Christkind oder der Weihnachtsmann?"

Falk drückte damit seine Ungeduld aus, wenn auch auf eine indiskutable Art und Weise.

„Du kannst manchmal so ein Kotzbrocken sein. Warum bringst du Gerhard nicht ein Mindestmaß an

Respekt entgegen? Du erwartest doch auch, dass man das bei dir macht."

Christine hatte das ausgesprochen, was ihr schon sehr lange auf der Seele brannte. Sie konnte nicht verstehen, warum Falk ständig auf Gerhard herumhackte, obwohl dieser sich so sehr bemühte, Falk zu gefallen.

Zugegeben; Falk war der Superbulle beim LKA und seine Aufklärungsquote lag sehr hoch. Aber das rechtfertigte nicht sein gelegentliches Verhalten anderen Kollegen gegenüber.

Falk sah Christine mit weit aufgerissenen Augen an. So hatte noch niemand mit ihm gesprochen. Entsetzen und Bewunderung kämpften in ihm um die Vorherrschaft. Sein Blick wanderte zwischen Christine und Gerhard hin und her.

Während Gerhard den Eindruck eines verängstigten Kaninchens machte, hielt Christine Falks Blick stand. Und dann geschah etwas völlig Unerwartetes.

„Tut mir leid, Gerhard. Der Stress und der Druck von oben. Du verstehst das doch sicher…"

Über den Rücken von Gerhard Maurer lief ein kalter Schauer. Der große Falk Brunner, Oberstleutnant beim LKA und Idol des kleinen Oberleutnants, hatte sich bei ihm entschuldigt.

„Das verstehe ich, Chef", erwiderte Gerhard, *„das ist überhaupt kein Problem."*

„Dann berichte jetzt weiter, und wir hören dir zu."

Somit war der kleine Disput bereinigt und Gerhard lüftete das brisante Geheimnis.

„Der Absender der Überweisung von 25000 Euro ist Gottfried Pichelmayer, unser Mordopfer."

Die Bombe war geplatzt. Und geplatzt wäre auch beinahe Gerhard Maurer, als er seinen Chef sagen hörte: *„Das ist sehr gute Arbeit, Gerhard."*

Die drei Ermittler sahen einander an. Damit ergab sich ein völlig neues Bild. Die Gretchenfrage, ob der Professor ein Faible für das horizontale Gewerbe hatte oder nicht, war somit geklärt.

„Ich habe das Gefühl, dass in dieser Familie keiner so recht die Wahrheit sagt."

Christine hatte ausgesprochen, was gerade jeder in diesem Augenblick dachte.

*****

Oskar Pichelmayer empfing die Ermittler mit großer Herzlichkeit.

„Grüß Gott! Was kann ich für Sie tun? Kaffee oder Tee?"

„Weder noch", erwidere Obstlt Falk, *„wir möchten nur die Wahrheit; sonst nichts."*

Im Gesicht von Oskar Pichelmayer spiegelte sich Erstaunen wieder; jedoch nur für einen kurzen Augenblick.

„Wie darf ich das verstehen?“, sagte er sodann mit einem Lächeln, das nur wenig Überzeugungskraft besaß.

Falk legte dem Banker eine Kopie des Kontoauszugs von Klarissa Piszcek vor, welcher die Überweisung von 25000 Euro aufwies.

„Was können oder wollen Sie uns dazu sagen, Herr Pichelmayer?“, fragte Falk, und allein die Formulierung ließ ein gewisses Maß an Misstrauen erkennen.

Oskar Pichelmayer fühlte sich in die Enge gedrängt und ging zum Gegenangriff über.

„Woher haben Sie das? Wohl kaum von Frau Piszcek. Denn diese Transaktion geschah mit äußerster Diskretion. Und wir sind an das Bankgeheimnis gebunden.“

„Das jedoch in Verbindung mit einer Straftat aufgehoben werden kann“, sagte Christine, *„oder sehen Sie Mord nicht als eine Straftat an?“*

Oskar Pichelmayer brauchte eine kleine Weile, bevor er darauf antworten konnte.

„Sie haben natürlich völlig recht. Ich war nur kurz etwas überrascht, weil mein Vater ja darin involviert war."

„Genau, Herr Pichelmayer", erwiderte Falk, *„dann können Sie uns jetzt ja Aufschluss darüber geben, was es mit dieser finanziellen Zuwendung auf sich hat."*

Oskar Pichelmayer nahm die Kopie in die Hand und betrachtete sie, als wolle er sich Gedanken darüber machen.

„Wieso überweist ein honoriges Mitglied der Gesellschaft, Rotarier und emeritierter Professor, an die Besitzerin einer erotischen Einrichtung so viel Geld?"

Falk hatte diese Worte betont langsam gesprochen und den Banker dabei fest im Blick gehalten.

Oskar Pichelmayer konnte dem nicht standhalten. Sein Blick ging unruhig hin und her. Schließlich antwortete er:

„Ich weiß es nicht. Keiner von uns hat das verstanden."

Diese Antwort überraschte das Ermittlerteam.

„Soll das heißen, Ihre Familie wusste davon?"

Oskar Pichelmayer hatte sich in eine Sackgasse manövriert. Er stand mit dem Rücken zur Wand. Er fühlte, wie kalter Schweiß auf die Stirne trat. Er wischte ihn hastig ab und sagte:

„Meine Mutter hat Einsicht in die Konten meines Vaters. Das war schon immer so."

„Nun, dann wird sie Ihren Vater ja zur Rede gestellt haben", sagte Falk und Oskar erwiderte:

„Dazu kam es nicht mehr. Als sie es entdeckte, war mein Vater schon tot."

Oblt Gerhard Maurer, der die ganze Zeit über den Fragen seines Idols zugehört hatte, mischte sich nun ein.

„Sie sind ja Fachmann auf dem Gebiet, Herr Pichelmayer. Frau Piszcek war ja offensichtlich in eine finanzielle Schieflage geraten. Und durch die Zuwendung Ihres Vaters wurde das Problem ja gelöst.

Was meinen Sie? War das vielleicht eine Art Überbrückungsdarlehen, welches der Herr Professor dieser Dame gewährt hat? Und wenn ja, auf welcher Basis?"

Obstlt Falk Brunner war vom Vorpreschen seines jungen Kollegen völlig überrascht. Sein Blick ging zu Christine, die ihm bejahend zunickte.

„Das alles überfordert mich gerade", erwiderte Oskar Pichelmayer, *„bitte, haben Sie Verständnis. Ich muss das alles erst einmal verdauen und mit meiner Familie besprechen."*

„Natürlich, Herr Pichelmayer", sagte Falk, *„kommen sie morgen gegen Mittag bei uns vorbei und bringen Sie Ihren Anwalt mit."*

Falk stand auf, reichte dem Banker die Hand und verließ mit seinen Kollegen den Raum.

Als sie draußen waren, fragte Gerhard:

„Warum haben wir nicht weitergemacht, Chef?"

„Weil man den Braten schmoren lassen muss, wenn er schön zart werden soll…"

*****

Die Nachbesprechung auf der Dienststelle erbrachte eine interessante Erkenntnis. Es war Gerhard, dem etwas äußerst Wichtiges aufgefallen war.

„Ihr habt doch das Bild unseres Bundespräsidenten gesehen, das hinter Oskar Pichelmayer an der Wand hing?"

„Ja. Und was ist damit?", fragte Falk.

„Nichts", kam die enttäuschende Antwort von Gerhard, *„um dieses Bild geht es nicht."*

Falk wollte schon seinem Unmut freien Lauf lassen, als Gerhard hinzufügte:

„Aber daneben hing ein kleineres Bild, das den Banker in Uniform zeigt, wie er ein Schwert vor der Brust hält.“

Die Ausdrucksweise des Kollegen Maurer zeigte, dass er von der Welt studentischer Verbindungen nur sehr begrenzt Ahnung hatte. Christine klärte ihn auf.

„Die Uniform heißt <Vollwichs>[7] und das, was du Schwert nennst, ist ein Säbel.“

„Egal“, erwiderte Gerhard, *„um das geht es nicht.“*

„Um was geht es dann?“

Falk hatte seiner Ungeduld freien Lauf gelassen und mit einem entsprechenden Blick untermauert.

„Schaut einmal, wie der Banker seinen Säbel hält?“

Gerhard genoss den großen Auftritt. Ein Leuchten ging über sein Gesicht, als er diese wichtigen Worte aussprach.

„Oskar Pichelmayer ist Linkshänder.“

---

[7] *Kleidung des Verbindungsstudenten zu besonders festlichen Anlässen.*

Das Erstaunen von Christine und Falk hätte größer nicht sein können. Bei Falk kam noch der Ärger hinzu, dass ihm das nicht aufgefallen war.

Als Gerhards Chef kam nun die Aufgabe auf ihn zu, dem jungen Kollegen Anerkennung zu zollen. Er tat dies auf spärliche Weise:

„Aus dir wird noch ein richtiger Ermittler, Gerhard."

*****

Dr. August Kirchner war seit vielen Jahren Anwalt der Familie Pichelmayer und Rotarier Bruder des Professors.

„Ich möchte darauf hinweisen, dass mein Mandant freiwillig Ihrer Einladung gefolgt ist, um bei den Ermittlungen zum Tod seines geliebten Vaters zu helfen."

Falk, dem der Vortrag des Anwalts ein wenig zu schwülstig war, erwiderte:

„Wir sind Herrn Pichelmayer auch sehr dankbar, dass er unserer Einladung gefolgt ist."

„Was erwarten Sie von meinem Mandanten? Soviel ich weiß, hat er Ihre Fragen doch schon bei Ihrem letzten Besuch beantwortet."

Falk betrachtete den Anwalt etwas genauer. Eine gepflegte Erscheinung, schon in einem Alter, in dem andere schon längst ihren Ruhestand pflegen, sich einer schönen Sprache bedienend und in größter Höflichkeit agierend.

„Verehrter Herr Dr. Kirchner, ich erwarte von Ihrem Mandanten nichts weniger als die Wahrheit", sagte Falk in einem ruhigen Ton, *„und von unserem letzten Besuch sind noch einige Fragen offen."*

Falk hatte auf diese Weise seinen Respekt dem Anwalt gegenüber bekunden wollen, was von diesem auch so aufgenommen wurde.

„Dann bitte ich Sie, Ihr Fragen zu stellen, und mein Mandant wird sie wahrheitsgemäß beantworten."

Falk legte erneut den Kontoauszug von Frau Klarissa Piszcek vor und wiederholte seine Frage:

„Es geht um diese 25000 Euro, Herr Pichelmayer. War das ein Darlehen, welches Ihr Vater dieser Dame gewährt hat oder vielleicht ein Geschenk?"

Oskar Pichelmayers Blick ging zu dem Anwalt, der leicht mit dem Kopf nickte.

„Ich bin davon überzeugt, dass es ein Darlehen war und keinesfalls ein Geschenk", kam prompt die Antwort des Gefragten.

„Was macht sie da so sicher?", setzte Falk nach.

Oskar Pichelmayer sah erneut zu Dr. Kirchner, um sich eine weitere Bestätigung geben zu lassen. Und das tat der Anwalt auch.

„Warum sonst hätte Sie ihn umgebracht oder umbringen lassen?"

Diese Aussage erstaunte Falk. Damit hatte er nicht gerechnet.

„Das müssen Sie mir genauer erklären, Herr Pichelmayer."

„Das ist doch ganz einfach", erwiderte Oskar Pichelmayer, *„auf diese Weise muss sie ihre Schulden nicht mehr zurückzahlen."*

„Und damit haben Sie auch das Motiv für den Mord", ergänzte der Anwalt.

Oskar Pichelmayer strahlte eine Selbstzufriedenheit aus, welche sein Anwalt nicht zu teilen schien.

Falk hatte den Eindruck, dass sich Dr. Kirchner in seiner Rolle gerade nicht wirklich wohl fühlte.

„Ist das auch die Meinung Ihrer Familie?"

„Meine Mutter teilt meine Meinung", antwortete Oskar Pichelmayer, *„und meiner kleinen Schwester fehlt der Überblick in dieser Angelegenheit. Sie ist außerdem viel zu sehr in ihrem Schmerz gefangen."*

„Dann danke ich Ihnen, dass Sie gekommen sind“, sagte Falk. *„Sie müssen nur noch das Protokoll unterschreiben, und das war's dann auch schon.“*

Falk reichte Oskar und dem Anwalt die Hand und verabschiedete sich. Nachdem er den Raum verlassen hatte, bat er Gerhard genau darauf zu achten, mit welcher Hand Oskar Pichelmayer das Protokoll unterschreiben würde.

Es war auch keine Überraschung, als Oskar wenig später das Protokoll mit der linken Hand unterzeichnete…

*****

Oberstaatsanwalt Dr. Zirner war von der Befragung des Oskar Pichelmayer umgehend informiert worden, was dazu führte, dass er Obstlt Brunner einbestellte.

„Sie haben Herrn Oskar Pichelmayer befragt und ihm übel zugesetzt.“

„Wenn Sie das sagen“, erwiderte Falk lapidar.

Der Oberstaatsanwalt sah Falk verwundert an und sagte:

„Ist das alles, was Sie dazu zu sagen haben?“

„Sehr geehrter Herr Dr. Zirner", begann Falk in ruhigem, langsamen Ton, *„es spielt doch überhaupt keine Rolle, was ich sage oder nicht sage. Sie hatten Ihre Meinung doch schon fertig in ihrer Schreibtischschublade liegen, noch bevor ich den Raum betreten habe."*

Der Zynismus und die Verachtung Dr. Zirner gegenüber war unüberhörbar.

„Achten Sie auf Ihren Ton, Brunner", erwiderte der Oberstaatsanwalt, *„sonst…"*

„Was sonst, Zirner?", sagte Falk, sich der Formulierung der Anrede anschließend.

„Sie werden sich von der Familie Pichelmayer fernhalten. Das ist eine dienstliche Anweisung."

Oberstaatsanwalt Dr. Zirner verließ schweren Herzens den Diskurs, weil es keinen Sieger geben würde. In Obstlt Brunner hatte er einen Gegner, den er partout nicht zu bezwingen vermochte.

Falk verließ den Raum mit denselben Gedanken, die ihn nach jedem Besuch beim Oberstaatsanwalt hinausbegleiteten. Sie hatten etwas mit einem Zitat aus „Götz von Berlichingen" zu tun.

Oblt Gerhard Maurer hatte die Idee, im Umfeld des Oskar Pichelmayer ein wenig „herumzustöbern", wie er es formulierte.

Falk stimmte dem Vorschlag zu, nicht ohne sich Christine gegenüber löblich über Gerhards Engagement zu äußern.

„Pass auf, sonst werdet ihr am Ende noch best buddies."

Christine konnte sich diese Bemerkung – unter Verwendung der Jugendsprache ihrer Tochter – nicht verkneifen.

Gerhard Maurer hatte sich eine Liste von Oskar Pichelmayers Schulkameraden besorgt und zwei Personen herausgefiltert, die er befragen wollte: Dr. Elfriede Schmid-Müller und Hans Brecht.

Der Ermittler besuchte die Ärztin an ihrem Arbeitsplatz, nachdem er telefonisch herausgefunden hatte, dass sie mit Oskar Pichelmayer noch immer in Kontakt stand.

„Frau Doktor, vielen Dank, dass Sie sich Zeit nehmen, um mit mir über Ihren ehemaligen Schulkameraden, Oskar Pichelmayer, zu sprechen."

Dr. Schmid-Müller hatte Kaffee für sich und ihren Besucher bereitgestellt.

„Sehr gern; aber ich weiß noch immer nicht, was genau Sie von mir wollen?"

„Es geht um die Ermordung des Herrn Professor Gottfried Pichelmayer, den Vater Ihres Schulkameraden Oskar", antwortete Gerhard.

„*Das habe ich bereits vermutet*", erwiderte die Ärztin; „*aber was hat das alles mit mir zu tun?*"

Unverständnis machte sich bei Dr. Schmid-Müller breit. Sie fühlte sich erkennbar unwohl.

„*Ich verstehe, dass die ganze Angelegenheit verwirrend auf Sie wirken muss, aber es wäre uns eine große Hilfe, wenn Sie uns etwas über die Person Oskar Pichelmayer sagen könnten.*"

Die Ärztin sah Gerhard Maurer verständnislos an.

Tut mir leid, Herr Maurer; aber ich verstehe noch immer nicht, was das alles soll. Ist Oskar vielleicht der Mörder seines Vaters?"

„*Um Gottes willen, nein!*", entfuhr es Gerhard hastig, „*ich möchte nur wissen, ob Sie etwas über das Vater-Sohn-Verhältnis wissen.*"

In Dr. Schmid-Müllers Gesicht war Erleichterung zu erkennen.

„*Hatten die beiden ein gutes Verhältnis?*", fuhr Gerhard fort, „*oder gab es die üblichen, typischen Spannungen zwischen den beiden?*"

Die Ärztin überlegte eine Weile, bevor sie antwortete.

„*Das ist schwierig. Ich war nur ein paar Mal bei ihnen zu Hause. Was mit aufgefallen ist, war, dass*

84

Frau Pichelmayer, also die Mutter von Oskar, kein besonderes Nahverhältnis hatte. Und zwar zu allen.“

„*Sie meinen zu Ehemann und Sohn?“*, fragte Gerhard.

„*Auch zu Yolli“*, ergänzte die Ärztin.

„*Sie meinen die Tochter Yolanthe.“*

„*Ja. Als wir noch jünger waren, haben wir öfter etwas gemeinsam unternommen. Oskar und ich nannten sie immer <Yolli>.“*

„*Und wie war das Verhältnis der Geschwister zueinander?“*, fragte Gerhard.

„*Das war sehr gut. Der große Bruder passte auf die kleine Schwester auf. Das war irgendwie rührend…“*

Es machte den Anschein, als ob Elfriede Schmid-Müller gerade eine kleine Zeitreise machte, als sie das sagte.

„*Um noch einmal auf das Vater-Sohn-Verhältnis zurückzukommen. War es gut oder schlecht?“*

„*Schwer zu sagen“*, antwortete die Ärztin. „*Oskar hat seinen Vater bewundert. Ich glaube, er wollte so sein wie er; hat es aber nie wirklich erreicht.“*

„*Aber wieso nicht?“*, fragte Gerhard. „*Er ist doch recht erfolgreich in seinem Beruf, soviel ich weiß.“*

„Ja, schon", erwiderte Frau Dr. Schmid-Müller, *„vielleicht hat ihm der Vater die Anerkennung verweigert, um die er gebuhlt hat. Yolli hatte es da leichter."*

„Wie meinen Sie das?"

„Der Professor war vernarrt in Yolli und Yolli hat ihren Vater vergöttert."

Gerhard überlegte einen kurzen Moment, bevor er die nächste Frage stellte.

„Hat Oskar Pichelmayer seinen Vater gehasst?"

Entsetzen war in Dr. Schmid-Müllers Gesicht zu lesen. Sie kämpfte um eine Antwort. Schließlich sagte sie:

„Diese Frage werde ich nicht beantworten. Und im Übrigen; das Gespräch ist hiermit beendet!"

Oblt Gerhard Maurer stand auf, reichte der Ärztin die Hand und verabschiedet sich.

„Vielen Dank, Frau Doktor. Ich danke Ihnen für das Gespräch und für Ihre Zeit, und ich wünsche Ihnen noch einen schönen Tag!"

*****

Musste Frau Dr. Schmid-Müller am Telefon noch überredet werden, einem Treffen zuzustimmen, verlief es bei dem Architekten Hans Brecht wesentlich unkomplizierter. Er stimmte sofort zu.

Das Gespräch führte jedoch dieses Mal nicht der Oberstleutnant, sondern Mjr Christine Tanner.

Treffpunkt war das Café Landmann, direkt neben dem Burgtheater und vis-à-vis des Rathauses gelegen.

„Das ist meine kurze Erholungslocation vom täglichen Arbeitsstress. Sie liegt nur wenige Meter von meinem Büro in der Schottengasse entfernt. Ich komme sehr gern auf einen kleinen Braunen und eine Mehlspeis vorbei.“

Mit diesen Worten begrüßte Hans Brecht Christine, die den Architekten auf Anhieb sympathisch fand.

„Ich danke Ihnen sehr, Herr Brecht, dass Sie dem Treffen zugesagt haben.“

„Und Sie sind mir nicht böse, dass ich Sie hierher verschleppt habe“, erwiderte Hans Brecht, *„aber ich befinde mich gerade in Bearbeitung eines wichtigen Projektes und da ist meine Zeit knapp bemessen. Nochmals danke, dass Sie mir den Weg ins Präsidium damit erspart haben.“*

„Ganz im Gegenteil, Herr Brecht“, antwortete Christine lächelnd, *„die Atmosphäre hier ist wesentlich angenehmer als in den Diensträumen des Präsidiums. Und der Kaffee ist auch besser.“*

„Sie gefallen mir, Frau Major", erwiderte der Architekt, und Christine fühlte, wie ihr gerade eine sanfte Röte ins Gesicht schlich. Ihr Visavis gefiel ihr schon sehr.

„Lassen Sie doch den <Major> weg. Nennen Sie mich einfach <Christine>, wenn das für Sie in Ordnung geht."

Christine erschrak über sich selber. Hatte sie das gerade wirklich gesagt?

„Sehr gern, Christine. Dann nennen Sie mich bitte Hans oder <Hansi>. So nennen mich meine Freunde."

Christine war sehr froh darüber, dass in diesem Augenblick der Kellner Kaffee und Kuchen auf den Tisch stellte. So blieb ihr die nötige Zeit, sich wieder zu sammeln.

„Herr Brecht, ich habe Ihnen ja schon am Telefon angedeutet, um was es geht."

Was dann geschah, rief bei Christine Respekt und Bewunderung hervor. Hans Brecht hatte erkannt, dass Christine ihren Vorschlag bereute, und er stellte sich darauf ein.

„Das ist richtig, Frau Tanner. Sie wollen mit mir über meinen ehemaligen Schulfreund, Oskar Pichelmayer, sprechen."

Christine war sichtlich erleichtert, und sie erwischte sich dabei, dass sie auf die Hand des Architekten starrte, um festzustellen, ob da vielleicht ein Zeichen des Verheiratetseins zu entdecken wäre.

„Was möchten sie wissen, Frau Tanner?"

Christine schaute in das lächelnde Gesicht des Architekten, das in ihr Gefühle weckte, die in der momentanen Situation nur wenig dienlich waren.

„Wann haben Sie Oskar Pichelmayer das letzte Mal gesehen oder gesprochen?"

Christine hatte große Mühe, sich selbst wieder in die Spur zu bringen.

„Das ist gar nicht so lange her", antwortete Hans Brecht, *„das war beim Treffen der Chorbrüder."*

„Dann gehören Sie auch zu diesen Menschen, die sich mit einem Säbel die Köpfe einschlagen?", drang es entsetzt aus Christine heraus. In ihren Worten lag all die Verachtung, die sie dem Brauch der Mensur entgegenbrachte.

Hans Brecht sah Christine verwundert an. Das hatte er nicht erwartet. Er lächelte und erwiderte:

„Nein, ganz so schlimm ist es nicht, Frau Christine. Ich gehöre einer fakultativ schlagenden Verbindung an. In dieser wird zwar das Fechten trainiert; ob man eine Mensur bestreitet, ist einem jedoch freigestellt."

Christine war sichtlich erleichtert. Es hätte ihr wehgetan, wenn der Mann, der ihr gegenübersaß und für den sie Gefühle zu empfinden begann, die eigentlich ihrem Ehemann zustehen sollten, sich diesem blutigen und brutalen Prozedere Testosteron fehlgesteuerter junger Menschen hingegeben hätte.

„Und haben Sie?", fragte Christine zaghaft.

„Nein, habe ich nicht", antwortete Hans Brecht. *„Das ist eigentlich gar nicht so mein Ding. Aber wenn man einer Verbindung beitritt, so ist das in vielen Belangen förderlich; auch später noch nach dem Studium."*

„Das freut mich sehr, Herr Brecht", sagte Christine, und das Leuchten in ihrem Gesicht unterstrich das Gesagte.

Es war lange her, dass Christine in Gegenwart eines Mannes ein so wohliges, warmes Gefühl verspürte. So lange, dass sie sich gar nicht mehr daran erinnern konnte.

Und sie war nicht wirklich überrascht, als Hans Brecht plötzlich ihre Hand ergriff und sagte:

„Jetzt stellen Sie mir Ihre Fragen, liebe Christine, und ich werde alles beantworten, was ich weiß. Und zum Dank dafür gehen Sie demnächst mit mir essen. Einverstanden?"

„Das machen wir, Hans“, erwiderte Christine, und die Antwort war wie von selbst über ihre Lippen gegangen.

Das Bild, welches Hans Brecht von seinem ehemaligen Schulkameraden und Chorbruder, Oskar Pichelmayer, zeichnete, brachte wenig Überraschendes.

Hans Brecht bezeichnete Oskar als einen ehrgeizigen Menschen, der allen gefallen möchte.

Er bestätigte das, was auch schon Dr. Schmid-Müller über Oskars Mutter berichtete. Dass sie die „graue Eminenz“ der Familie war und dass Oskar sich als Beschützer für seine kleine Schwester sah.

Auf die Frage, ob Oskar seinen Vater gehasst habe, blieb Hans Brecht die Antwort schuldig.

Als sich Hans Brecht am Ende des Gesprächs von Christine verabschiedete, tat er das in Form eines Handkusses.

„Dann bis demnächst, liebe Christine; ich freue mich schon sehr darauf.“

„Ich freue mich auch, Hansi“, erwiderte Christine, in dem Bewusstsein, dass sie gerade die Schwelle zum Ehebruch betreten hatte…

*****

„Wirklich etwas Brauchbares gebracht hat diese Aktion nicht“, so das Resümee des Oberstleutnants.

„Das möchte ich so nicht sagen“, erwiderte Christine, *„ich meine, dass die Frage, ob Oskar seinen Papa gehasst hat, mit einem versteckten JA beantwortet wurde. Und zwar von der Ärztin und dem Architekten.“*

Beinahe hätte sie „Hans“ anstatt „Architekt“ gesagt. Der Mann ging ihr einfach nicht aus dem Sinn. Es hatte ihr gutgetan und sie hatte es genossen, als Hans Brecht ihr Avancen machte.

Und dass sie spontan und ohne nachzudenken ihr Einverständnis zu der Essenseinladung gegeben hat, erstaunte sie noch immer. Der Gedanke, dass es zu mehr kommen könnte, erregte sie sogar.

Das Eheleben hatte schon lange seinen Glanz verloren und manchmal fragte sie sich, ob Michael sie überhaupt noch begehrte.

Wer weiß, vielleicht vergnügte er sich lieber mit einer seiner Schülerinnen oder in einem Bordell.

Christine musste unwillkürlich an Chantal denken, die noch immer in Untersuchungshaft saß. Vielleicht sollte sie ihr einen Besuch abstatten…

*****

„Wie geht es Ihnen, Frau Meisner?"

Christine hatte ihre Absicht wahr gemacht und Petra Meisner in der Haft besucht.

„Das ist aber eine freudige Überraschung, Kindchen, dass Sie mich besuchen."

Die Freude darüber, dass Christine zu ihr gekommen war, stand Petra Meisner deutlich erkennbar ins Gesicht geschrieben, und Christines Freude war nicht minder.

„Haben Sie gute Nachrichten für mich? Werde ich endlich entlassen?"

„Es tut mir leid, liebe Frau Meisner; aber die Staatsanwaltschaft hält an der Untersuchungshaft fest."

Wo gerade noch Freude herrschte, trat nun Enttäuschung ein.

„Ich wollte, ich hätte bessere Nachrichten für Sie", fügte Christine hinzu, *„wir ermitteln zwar auf Hochtouren; aber wir kommen einfach nicht weiter."*

„Und warum sind Sie dann hier?", fragte Petra Meisner und sah Christine erwartungsvoll dabei an.

„Ich wollte einfach nur sehen, wie es Ihnen geht, Frau Meisner", antwortete Christine.

Petra Meisners Augen bekamen einen seidenen Glanz, als sie die Worte Christines vernahm.

„Sie sind ein guter Mensch, Christine. Ich würde Sie am liebsten umarmen."

Christine reichte ihre Hände über den Tisch und Petra Meisner ergriff sie. Sie drückte sie ganz fest und sagte:

„Danke! Sie wissen gar nicht, was mir das bedeutet."

„Ich werde alles dafür tun, dass Sie bald hier herauskommen", erwiderte Christine und ließ Petras Hände wieder los. Ihr war der mahnende Blick der uniformierten Beamtin nicht entgangen, die sich in der Nähe befand.

*****

Die Gerichtsmedizinerin begrüßte Falk mit der üblichen Floskel.

„Was hat dich aus deiner Höhle getrieben und zu mir geführt, mein Brummbär?"

Falk, der sonst immer einen Gegenspruch parat hatte oder wenigstens ein Lächeln, blieb dieses Mal ernst.

„Wir stecken fest, Franzi."

94

„Ich dachte, eure Liebesdienerin sei die Mörderin", erwiderte Franziska. *„Der Jungspund ist zumindest davon überzeugt."*

„Unser Gerhard schießt schnell aus der Hüfte", sagte Falk, *„aber er trifft nur selten."*

„Und was erhoffst du von mir?"

Falk sah Franziska lange an. Er mochte sie sehr und er schätzte sie. Sie war eine Koryphäe auf ihrem Gebiet und eine gute Analytikerin.

„Was kannst du mir über den Schriftzug sagen, außer über seine Bedeutung?"

„Er ist gekonnt gemacht und sicher von einem Profi", sagte Franziska, *„und wie es aussieht, ist er der lateinischen Sprache mächtig."*

„Kann sich diese Fähigkeit auch ein Laie aneignen?", fragte Falk, in Bezug auf seine Vermutung, was den Täter angeht.

„Nicht in dieser Präzision", antwortete Franziska.

Falk war enttäuscht ob dieser Antwort. Es drängte ihn immer mehr zu Oskar Pichelmayer als Täter. Es sprach zwar mehr dagegen als dafür, denn erstens hatte er ein Alibi für die Tatzeit und ein rechtes Motiv wollte sich auch nicht auftun.

„Und was die Tatzeit angeht, so gibt es keinen Zweifel?", versuchte Falk sein Glück.

„Nein, mein Lieber", erwiderte Franziska, *„die ist unumstößlich. Es sei denn, man hätte den Professor tiefgefroren."*

Was eher scherzhaft daherkam, löste bei Falk etwas aus.

„Heißt das, der Todeszeitpunkt könnte manipuliert worden sein?"

Die Gerichtsmedizinerin schaute Falk erstaunt an und sagte:

„Die Umgebungstemperatur der Leiche wirkt sich natürlich auf die Bestimmung des Todeszeitpunkts aus. Aber wir haben schließlich Sommer."

„Verstehe ich das richtig? Der Tode müsste in einer Art Gefriertruhe aufbewahrt worden sein?", fragte Falk.

Franziska lachte.

„Nein, nein. Eine gute Klimaanlage würde schon genügen. Gab es im Zimmer, wo man den Toten aufgefunden hat, vielleicht eine solche?"

„Leider nicht", erwiderte Falk, *„in keinem der Zimmer."*

„Schade", sagte Franziska, *„dann musst du wohl weiter suchen…"*

*****

Annemarie Fenderl war nach 48 Stunden wieder aus der Haft entlassen worden. Es gab keinerlei glaubhafte Hinweise, dass dieses schlichte Wesen die Tat begangen haben könnte.

Die untergeschobene Tatwaffe entsprach auf gar keinen Fall der Mordwaffe und Fingerabdrücke, die zu Annemarie Fenderl passten, gab es auch keine.

Es stellte sich heraus, dass die ganze Angelegenheit ein verzweifelter Versuch der Bordellbesitzerin war, wieder Ruhe einkehren zu lassen, damit ein geregelter Betrieb wieder aufgenommen werden konnte.

Die Nachricht von dem Mord hatte anfänglich die Kunden ein wenig abgeschreckt, zumal kein Täter präsentiert werden konnte. Und Aspasia war das perfekte Bauernopfer aus der Sicht von Klarissa Piszcek.

Als Chantal von der üblen Tat an ihrer Kollegin erfuhr, bat sie darum, Mjr Tanner sprechen zu dürfen.

Christine kam der Bitte gern nach und besuchte Petra Meisner.

„Ich war Frau Piszcek gegenüber immer loyal; aber was sie sich mit Aspasia geleistet hat, das ist einfach nur schäbig.“

Es lag viel Empörung und Wut in diesen Worten.

„Da gebe ich Ihnen recht“, erwiderte Christine, *„aber deshalb haben Sie mich sicher nicht herbestellt.“*

„Ich habe Sie nicht herbestellt", korrigierte Petra Meisner ihre Besucherin, *„ich habe darum gebeten."*

„Tut mir leid, Frau Meisner", erwiderte Petra, *„das war nicht korrekt von mir. Entschuldigung!"*

Petra Meisner sah Christine an und lächelte.

„Ach Kindchen, können wir nicht DU zueinander sagen. Das würde mir sehr viel geben."

Da war es wieder, jenes warme Gefühl, das Christine an ihre Mutter erinnerte.

„Uns verbindet etwas, was nur schwer zu erklären geht", fuhr Petra fort, *„und das gefällt mir sehr."*

„Mir auch", erwiderte Christine, *„und ich würde gerne zustimmen. Aber das geht nicht. Nicht solange Sie hier sind. Ich kann Sie aber mit dem Vornamen und SIE ansprechen, wenn das recht ist."*

„So machen wir das", sagte Petra, *„das genügt mir."*

„Und jetzt erzählen Sie mir, Petra, was Sie auf dem Herzen haben."

„Ich weiß, wer den Professor tätowiert hat."

Christines Herzschlag ging rasant in die Höhe, als sie das hörte.

„Woher wissen Sie das?"

„Von Rocky“, sagte Petra leise, und eigentlich war es mehr ein Flüstern.

„Wer ist Rocky?“, fragte Christine ebenso leise zurück, im Bewusstsein um die Brisanz dieser Nachricht. *„Ist das ein Kunde im Happiness?“*

„Aber nein“, flüsterte Petra weiter, *„das ist eine Kollegin von mir. Eigentlich heißt sie Emma Molnar. Sie ist in meinem Alter und hatte früher ein Tattoo-Studio. Das lief auch recht gut, bis sie an den falschen Kerl gekommen ist.*

Steffen war Spieler und hat ihr ganzes Geld verzockt. Er hat sie auf den Strich geschickt und irgendwann ist sie im Happiness gelandet. Zuvor war sie sogar im Knast, weil sie bei einem Einbruch erwischt worden ist.“

„Das ist ja eine abenteuerliche Geschichte“, sagte Christine, *„und diese Rocky soll Gottfried Pichelmayer die Worte < TOXICUS CUPIDITAS> auf die Brust geschrieben haben?“*

Petra Meisner nickte.

„Und wann und wo soll das passiert sein?“

„Das weiß ich nicht“, sagte Petra, *„aber sie war es ganz sicher.“*

Christine konnte einfach nicht glauben, was sie gerade gehört hatte.

„Gibt es irgendeinen Beweis dafür?"

„Emma hat es mir selbst erzählt", antwortete Petra, die sich immer wieder einmal umwendete, um sicherzugehen, dass niemand ihr Gespräch mitbekommt.

„Ihnen ist schon klar, dass ich das überprüfen muss", sagte Christine, *„und ich hoffe, das ist o. k. für Sie."*

„Machen Sie das und grüßen Sie Emma von mir."

Petra unterstrich ihre Antwort durch ein Kopfnicken und Christine hatte Schwierigkeiten, Petras Verhalten richtig einzuordnen. Einerseits fühlte sie sich zu der Frau hingezogen, die altersmäßig ihre Mutter sein könnte, andererseits nagten Zweifel an ihr, ob die Angaben Petras wirklich zutrafen.

Christine verabschiedete sich von Petra mit dem Versprechen, bald wieder zu kommen.

*****

„Ich soll sie lieb von Petra Meisner grüßen."

Emma Molnars Outfit glich dem einer Rockerbraut. Leder von Kopf bis Fuß, etliche Tätowierungen und schwarz geschminkt.

Dass sie schon den Sechziger hinter sich hatte, war nur schwer nachvollziehbar.

„Wie geht es Petra?", fragte Emma, *„wieso ist sie immer noch im Knast? Sie ist unschuldig."*

„Ich weiß", antwortete Christine, *„und Petra geht es soweit gut."*

„Was heißt das, Sie wissen, dass sie unschuldig ist? Warum lassen sie Petra dann nicht frei?"

„Darauf habe ich keinen Einfluss", erwiderte Christine, *„das kann nur ein Richter machen."*

Emma Molnar sah Christine prüfend an.

„Und was wollen Sie von mir? Was hat Petra über mich erzählt?"

„Sie haben Professor Gottfried Pichelmayer eine Botschaft auf die Brust geschrieben."

Hatte Christine geglaubt, Emma Molnar würde alles abstreiten, so sah sie sich gerade getäuscht.

„Na und? Tätowieren ist schließlich nicht verboten. Oder?"

„Wenn man das post mortem[8] macht, dann ist es eine Straftat: Störung der Totenruhe."

---

[8] *Nach dem Tod*

„Der Mann war doch gar nicht tot“, erwiderte Emma Molnar aufgebracht. *„Ich tätowiere doch keine Leiche.“*

Christine sah Emma erstaunt an.

"Soll das heißen, der Professor war noch am Leben, als sie das getan haben?“

„Das sagte ich doch“, erwiderte Emma Molnar.

„Aber das muss doch höllisch wehgetan haben“, wandte Christine ein.

„Ja, ein bisschen schon“, bestätigte Emma, *„aber er hat es ausgehalten.“*

„Haben Sie auch mit dem Professor gesprochen, während sie das geschrieben haben?“

Christine sah Emma erwartungsvoll an. Sie hatte Mühe, das Gesagte zu verifizieren. Das Ganze war einfach nur ungeheuerlich.

„Kein einziges Wort. Der gute Mann war wie in Trance.“

K.o.-Tropfen – schoss es Christine durch den Kopf. Und dann ließ sie sich von Emma Molnar den genauen Ablauf dieses monströsen Vorgangs erklären…

*****

Emma Molnar durfte das LKA wieder verlassen, jedoch mit der Auflage, Wien in der nächsten Zeit nicht zu verlassen.

Als Falk und Christine der Gerichtsmedizinerin einen weiteren Besuch abstatteten, begrüßte diese sie mit den Worten:

„Habt ihr nichts Besseres zu tun, als fleißige Menschen von der Arbeit abzuhalten?"

„Wen meinst du damit, Franzi", erwiderte Falk, *„ich sehe keine fleißigen Menschen, ich sehe nur dich."*

Christine verfolgte das Wortgeplänkel der beiden mit einem Schmunzeln. Sie mochte Franziska und Falk gleichermaßen, waren sie ein wenig der Gegenpol zu oft unschönen Erlebnissen im Beruf.

Sie erzählte Franziska von dem Gespräch mit Emma Molnar und fragte zum Schluss:

„Ist es tatsächlich möglich, dass man einem Menschen unter der Einwirkung von Liquid Ecstasy Schmerzen zufügen kann und der lässt es über sich ergehen?"

„Ja", antwortete die Ärztin, *„so unglaublich das auch klingt; aber es ist durchaus möglich. Du erlebst es und kannst dich nicht dagegen wehren. Du bist wie gelähmt."*

„Und kommt das bei unserem Fall in Betracht?", fragte Frank.

„Ich denke schon", antwortete Franziska, *„es spricht zumindest nichts dagegen aus meiner Sicht."*

„Danke, Franzi. Du bist einfach die Beste."

„Ich weiß, mein Brummbär", erwiderte Franziska, *„dann holt euch jetzt das Schwein, das den Professor ermordet hat."*

„Das machen wir, Franzi", sagte Falk, *„und wir wissen auch schon, wo wir es finden werden."*

Als die beiden Kriminalisten Franziska verlassen hatten, sagte Christine:

„Du hast gerade den Mund ziemlich vollgenommen."

„Wieso?", erwiderte Falk, *„du weißt es doch auch, wer es ist. Oder etwa nicht?"*

*****

„Der Mord an Professor Gottfried Pichelmayer steht kurz vor der Aufklärung. Sohn Oskar Pichelmayer in Untersuchungshaft."

Die Meldungen in der Presse überschlugen sich und der Oberstaatsanwalt hatte Schaum vorm Mund.

„Ich werde persönlich dafür sorgen, dass Sie zum Streifenpolizisten degradiert werden. Das verspreche ich Ihnen.“

Dass dieses Versprechen im Bereich „Märchen und Sagen“ angesiedelt war, bedarf wohl keiner Erwähnung.

Obstlt Falk Brunner hatte sich vorgenommen, eine schärfere Gangart zu wählen, um aus Oskar Pichelmayer ein Geständnis herauszubekommen.

„Ihr Vater wurde durch einen Stich ins Herz ermordet. Der Stich wurde von einem Linkshänder durchgeführt und Sie sind Linkshänder, Herr Pichelmayer.“

„Das stimmt“, erwiderte Oskar, „ich bin Linkshänder, wie so viele andere auch. Aber ich bin nicht der Mörder meines Vaters.“

„Und was ist mit den 25000 Euro, die Ihr Vater angeblich an Frau Piszcek überwiesen hat? Wir haben herausgefunden, dass das Geld von Ihnen kommt und nicht von ihrem Vater.“

Falk wagte diesen Schuss ins Blaue und er traf.

„Ich gebe zu, dass es von mir stammt“, räumte Oskar ein, „aber mit dem Mord hat das überhaupt nichts zu tun.“

„Dann erklären Sie uns doch bitte, warum Sie Frau Piszcek das Geld überwiesen haben.“

Als Oskar Pichelmayer auf die Frage von Falk
antworten wollte, hielt ihn sein Anwalt, Dr. Kirchner,
zurück und sagte:

*„Mein Mandant verweigert die Aussage. Und
wenn Sie sonst nichts Belastendes vorlegen können,
werden wir jetzt aufstehen und gehen.“*

„Das werden Sie schön bleiben lassen“, erwiderte
Falk, *„Ihr Mandant bleibt in Untersuchungshaft.“*

„Aber nur bis zum Ablauf der 48 Stunden“, sagte
der Anwalt, *„und die sind bald vorüber.“*

*****

Der Versuch, Oskar Pichelmayer zu einem Geständnis bewegen zu können, war geplatzt wie eine
Seifenblase.

„Wir stecken in einer Sackgasse, Falk“, sagte
Christine, *„ich glaube immer weniger and die Schuld
von Oskar Pichelmayer.“*

„Ich auch nicht“, pflichtete Gerhard Maurer bei,
*„vielleicht sollten wir uns noch einmal mit Yolanthe
Pichelmayer beschäftigen.“*

„Blödsinn“, erwiderte Falk barsch.

106

„Das finde ich gar nicht", sagte Christine, *„wir waren die ganze Zeit über auf Oskar fixiert und haben die Schwester und die Mutter außen vorgelassen."*

Gerhard sah zu Christine und nickte ihr dankbar zu.

„Yolanthe chattet auf Social Media mit einer gewissen Elli Piszcek", sagte Gerhard, *„vielleicht hat die etwas mit der Puffmutter zu tun."*

Falk verdrehte die Augen. Er wollte seinen jungen Kollegen wiederholt auf dessen etwas holprige Wortwahl hinweisen, unterließ es aber und sagte stattdessen:

„Das ist interessant. Ich glaube kaum, dass das ein Zufall ist."

Christine schmunzelte über Falks Verhalten. Sein Verhältnis zu Gerhard war vom ersten Tag an ruppig. Sie hatte sich schon oft gefragt, warum das so wäre. Zugegeben, Gerhard lieferte manchmal Meldungen ab, die etwas schwer verdaulich waren; aber er hatte auch ab und zu ein Näschen für gewisse Dinge.

Und das stellte er gerade wieder einmal eindrucksvoll unter Beweis.

„Das ist unglaublich, Gerhard", sagte Christine, *„wie bist du darauf gekommen?"*

„Ich weiß nicht", erwiderte Gerhard, *„einfach so."*

Falk hätte sich eher die Zunge abgebissen, bevor ihm anerkennende Worte für Gerhard über die Lippen gegangen wären.

„Finde heraus, wo das Fräulein wohnt, und dann bring sie hierher.“

Der sanfte Ton dieser Worte könnte man durchaus als Ersatz für ein Lob hernehmen, dachte Christine und wandelte ihr Schmunzeln in ein Lächeln um.

*****

„Trifft es zu, dass Sie die Tochter von Klarissa Piszcek sind?“

Die junge Frau bejahte Christines Frage und Christine fragte weiter:

„Und trifft es ebenso zu, dass Sie eine gewisse Yolanthe Pichelmayer kennen?“

„Nein, ich kenne nur eine Klara Pichelmayer“, antwortete Elli Piszcek.

Christine zeigte Elli eine Fotografie von Yolanthe mit den Worten:

„Klara ist der zweite Vorname von Yolanthe Pichelmayer.“

Elli sah das Bild an und nickte.

„Woher kennen Sie Yolanthe, ich meine Klara?"

„Von unserem gemeinsamen Klinikaufenthalt in Graz."

Christine sah Elli überrascht an.

„Darf ich Sie fragen, um welche Klinik es sich hier handelt?"

„Um die Universitätsklinik für Psychiatrie und Psychotherapie", antwortete Elli.

Christine hielt inne. Sie blickte zur Kamera, welche das Geschehnis im Raum zu Falk und Gerhard in einen Nebenraum übertrug.

„Ich verstehe, wenn Sie meine nächste Frage nicht beantworten möchten", sagte Christine, *„und Sie müssen das auch gar nicht tun. Aber es wäre für unsere Ermittlung sehr wichtig."*

„Fragen Sie ruhig", erwiderte Elli Piszcek, *„ich helfe gern, wenn ich kann."*

Christine staunte über die Offenherzigkeit, mit der ihr Elli Piszcek begegnete und die Frage drängte sich ihr auf, wie wohl das Verhältnis der jungen Frau zu ihrer Mutter sein könnte.

„Haben Sie Kontakt mit Ihrer Mutter?"

Diese Frage überraschte Elli und die beiden Ermittler im Nebenraum gleichermaßen.

„Ja und sogar einen sehr guten“, antwortete Elli verblüfft, *„warum fragen Sie?“*

„Verzeihen Sie; das wollte ich eigentlich gar nicht fragen“, antwortete Christine hastig, die gerade versuchte, sich aus ihrem Gedankenwirrwarr wieder zu befreien.

„Ich wollte Sie fragen, warum Sie und Klara in dieser Klinik waren?“

Elli Piszcek zögerte einen Augenblick, bevor sie sagte:

„Ich kann nur für mich antworten. Klara müssen Sie schon selber fragen. Ich wurde von meinem Vater missbraucht.“

Christine spürte, wie sich ihre Kehle zuzog. Da saß diese junge, sympathische Frau und sagte geradeheraus, dass sie missbraucht worden war.

„Die meisten Patienten teilen ein ähnliches Schicksal.“

Diese zusätzlichen Worte von Elli drängten Christine in eine Richtung, die sie schon vermutet hatte.

Yolanthe Pichelmayer musste ein Geheimnis mit sich herumtragen, das in Richtung sexueller Missbrauch ging.

„Haben Sie noch Kontakt zu Klara?“

„Ja“, antwortete Elli Piszcek, *„wir sind beste Freundinnen geworden und wir haben regelmäßigen Kontakt.“*

Christine reichte Elli die Hand und drückte sie kräftig.

„Ich danke Ihnen, Frau Piszcek; Sie haben uns sehr geholfen. Sie sind eine ganz tolle Frau und ich wünsche Ihnen alles Gute!“

*****

Bei den Ermittlern entbrannte eine heftige Diskussion. Die Eine-Million-Dollar-Frage war doch:

„Wurde Yolanthe Pichelmayer sexuell missbraucht und wenn JA – von wem?“

„Ich könnte mir vorstellen, dass es der Vater war“, sagte Falk im Einklang mit Gerhard. Christine widersprach:

„Das glaube ich nicht. Ich habe das Mädchen erlebt, als sie ihren toten Vater gesehen hat. Sie hat ihn über alles geliebt.“

„Dann fragen wir sie am besten selbst“, sagte Gerhard in seiner pragmatischen Art.

„Wie stellst du dir das vor?", fragte Christine, *„wie soll das gehen? Yolanthe ist völlig traumatisiert."*

„Hast du eine bessere Idee?", sagte Gerhard, wandte sich dann zu Falk und fragte diesen:

„Was ist mit Oskar Pichelmayer? Der könnte es doch auch gewesen sein."

„Das ist Quatsch, Gerhard. Oskar und Yolanthe sind altersmäßig nur ein paar Jahre auseinander. Immer erst denken – dann reden."

Christine schüttelte ihren Kopf. Falk konnte es einfach nicht lassen, Gerhard gelegentlich zynisch anzugehen.

„Geh zu Zirner und rede mit ihm. Soll er doch seinen Sanctus zu einer Befragung von Yolanthe geben. Dann sind wir auf der sicheren Seite."

Falk nahm Christines Vorschlag dankend an und ging zum Oberstaatsanwalt. Dieser nahm Falk - wie nicht anders zu erwarten war – die Entscheidung über eine Befragung von Yolanthe Pichelmayer nicht wirklich ab. Er sagte stattdessen:

„Gehen Sie in dieser brisanten Angelegenheit äußerst behutsam vor und benützen Sie Samthandschuhe!"

Frank hatte Christine gebeten, die Befragung durchzuführen, da sie ja schon einmal mit der jungen

Frau gesprochen hätte und einen guten Draht zu ihr habe.

„Ich danke Ihnen, Klara, dass Sie gekommen sind.“

„Wann können wir den Papi endlich beerdigen?“, fragte Klara, was in Christine großes Unbehagen hervorrief. Sie war schon vorher dagegen, Klara zu befragen, weil sie von deren Unschuld völlig überzeugt war.

„Das dauert noch ein wenig“, antwortete Christine. Sie wollte gerade Klaras Hände ergreifen, als die Tür aufging und Gerhard hereinkam. Er hielt einen Laptop in der Hand und reichte ihn Christine.

Auf dem Bildschirm befand sich ein Bild, welches Yolanthe beim Federballspielen mit einer Jugendlichen zeigte. Es wurde im Rahmen eines Feriencamps aufgenommen.

„Was soll ich damit?“, fragte Christine leicht aufgebracht.

Gerhard beugte sich zu Christine und flüsterte in ihr Ohr:

„Schau einmal, mit welcher Hand Yolanthe den Schläger hält.“

Jetzt begriff Christine. Yolanthe Klara Pichelmayer hielt den Schläger in ihrer linken Hand. Gerhard nahm den Laptop und verließ den Raum.

„Sind Sie Linkshänderin, Klara?"

Klara sah Christine erstaunt an und antwortete:

„Ja; aber warum fragen Sie?"

„Ist nicht so wichtig", erwiderte Christine und machte einen interessierten Blick in ihre Unterlagen. Sie wollte sich damit ein wenig Zeit verschaffen, um ihre Gedanken ordnen zu können.

Ihr Blick auf Klara veränderte sich gerade. Hatte sie Christine nur etwas vorgespielt oder war sie wirklich unschuldig?

„Frau Pichelmayer, Sie waren vor einiger Zeit Patientin in der Universitätsklinik für Psychiatrie und Psychotherapie Graz."

Klara blickte Christine voller Entsetzen an.

„Woher wissen Sie das?"

„Das spielt keine Rolle", erwiderte Christine.

„Und warum nennen Sie mich <Frau Pichelmayer> und nicht mehr Klara?"

Enttäuschung und Verletztsein lagen in Klaras Stimme. Ihre Augen füllten sich mit Tränen.

„Ich dachte, Sie haben mich ein wenig gern."

Christine fühlte sich schlecht. Sie hätte die Befragung am liebsten abgebrochen, aber sie war genügend Profi, um das nicht zu tun.

„Es tut mir leid, Klara. Aber ich muss das tun. Waren Sie in der Klinik oder nicht?"

„Ja, ich war dort. Genauso wie Elli. Von ihr wissen sie es doch. Oder nicht?"

Klaras Worte waren aggressiv aus ihr herausgebrochen. Christine empfand das eher als angenehm, machte es ihr doch leichter, weitere Fragen zu stellen.

„Wurden Sie missbraucht?"

Klaras Augen wurden starr und ihr Gesicht verwandelte sich in eine Maske, hinter der man Schutz sucht.

„Ja, ich wurde missbraucht. Na und?"

Christine erschrak. Diese Entwicklung war nicht vorhersehbar und Klaras Reaktion auf die Frage brachte große Verwirrung. War das gerade der Versuch, etwas so Ungeheuerliches wie sexueller Missbrauch zu bagatellisieren?

„Hat Sie Ihr Vater missbraucht?"

Christine stach bewusst in dieses Wespennetz und der Erfolg gab ihr Recht.

„Ja, mein Vater hat mich geliebt und ich ihn."

Christine fühlte, wie ihr Herz zu rasen begann. Wie war es möglich, dass die junge Frau von Liebe sprach, wo keine Liebe war? Was da gerade geschah, überstieg Christines Vorstellungskraft bei Weitem.

Klara schob dem Ärmel ihres Pullovers am rechten Arm nach oben und begann mit den Fingernägeln die Oberseite ihres Unterarms heftig zu traktieren.

„Hören Sie auf, Klara!", rief Christine, während Klara immer heftiger ihre Haut aufkratzte, während sie vor sich hin murmelte: *„Wir haben uns doch so geliebt."*

Christines Puls raste. In ihrer Verzweiflung sagte sie plötzlich:

„Yolanthe Pichelmayer, haben Sie ihren Vater getötet?"

„Ja!"

Yolanthe hatte die Antwort förmlich hinausgeschrien und es klang wie eine einzige Befreiung.

„Yolanthe Pichelmayer, ich verhafte Sie wegen Ermordung Ihres Vaters, Professor Gottfried Pichelmayer."

Als Mjr Christine Tanner das sagte, hatte sie Tränen in ihren Augen.

*****

Es herrschte eitel Freude und Sonnenschein. Falk und Gerhard gratulierten Christine zu ihrem durchschlagenden Erfolg. Der Herr Oberstaatsanwalt gab sich als wesentlich am Erfolg Beteiligter und stellte sich den Interviews.

Einzig Christine vermochte sich nicht darüber zu freuen. Sie suchte die Gerichtsmedizinerin auf, um mit ihr zu reden.

„Was ist los mit dir?", fragte Dr. Arnold, als sie in das traurige Gesicht von Christine sah. *„Du hast den Fall gelöst, warum freust du dich nicht?"*

„Ich weiß es nicht, Franziska, sagte Christine, *„es fühlt sich nicht richtig an."*

„Wie meinst du das?", erwiderte Franziska, *„sie hat den Mord doch gestanden oder nicht?"*

„Ja, schon; aber..."

Christine stockte. Sie sah Franziska eindringlich an.

„Du hast doch etwas auf dem Herzen, Christine. Raus damit!"

„Ich wüsste gern mehr über Yolanthe", sagte Christine, *„vielleicht kannst du mir helfen."*

„Wenn du mir sagst, wie?", erwiderte Franziska.

*„Yolanthe war in der Universitätsklinik für Psy-
chiatrie und Psychotherapie in Graz. Ich wüsste gern,
warum sie dort war und wie sie sich den Ärzten gegenüber verhalten hat.*

Vielleicht kennst du dort jemanden..."

Die Ärztin sah Christine prüfend an.

„Ich kenne dort tatsächlich jemanden", sagte
Franziska nach längerem Nachdenken, *„aber weißt
du, was du da von mir verlangst? Diese Daten werden
streng unter Verschluss gehalten zum Schutze der
Patienten. Und das ist auch richtig so."*

„Das verstehe ich auch, Franziska", erwiderte
Christine, *„ich habe nur Angst, dass Klara nicht wirk-
lich die Täterin ist. Ich glaube, sie will sich mit dem
Geständnis nur selbst bestrafen.*

*Wenn Du nur einmal mit ihr sprechen könntest,
dann würdest du mich verstehen."*

Franziska war sichtlich beeindruckt und berührt
von dem, was ihr Christine gerade eröffnet hatte.

„Du magst diese Frau, stimmt's?"

Christine nickte.

*„Ich werde sehen, was ich tun kann. Ich kann dir
aber nichts versprechen."*

Christine umarmte die Ärztin und bedankte sich.

„Ich verspreche dir, dass ich mit den Daten sorgsam umgehen werde, damit dir kein Schaden entsteht.“

„Sachte, sachte“, erwiderte Franziska lächelnd, *„noch habe ich keine Daten…“*

*****

Die Journaille hatte das Ereignis bis zur Neige ausgekostet und die „B“- Zeitung titelte:

„Professor Gottfried P. wurde durch die Hand der eigenen Tochter ermordet.“

„Es ist einfach nur widerlich, wie sich die Leser dieses Schmierenblattes an solchen Meldungen ergötzen.“

Christine hatte ihrem Ärger Luft gemacht, als sie die Headline der Zeitung sah, die Gerhard auf den Tisch gelegt hatte.

„Und es ist noch widerlicher, dass sich immer wieder Zuträger von Fakten, die offensichtlich aus unseren Reihen stammen, Geld damit verdienen“, fügte Falk hinzu.

Gerhard blickte Falk erwartungsvoll an, in der Hoffnung, dass Falk vielleicht noch einen Namen hinzufügen würde. Falk tat ihm den Gefallen nicht, obwohl ihm ein Name auf der Zunge lag. Vielleicht aber auch nur, weil sich ihm seine Abneigung dem

Oberstaatsanwalt gegenüber dessen Namen förmlich aufdrängte.

„Was denkst du, Falk? Ist Yolanthe tatsächlich die Mörderin ihres Vaters?"

Falk sah Christine verwirrt an.

„Zweifelst du etwa daran? Aber wieso? Sie hat den Mord doch gestanden?"

„Es wäre nicht das erste Mal, dass jemand einen Mord gestanden hat, obwohl er gar nicht der Täter war", antwortete Christine.

„Die war es; da bin ich mir sicher."

Gerhard steuerte damit unmissverständlich seine Meinung bei.

Schuld oder Unschuld hingen völlig in der Schwebe. Aber Klarheit und Wahrheit waren bereits auf dem Weg zu den Ermittlern…

*****

Die Kollegin vom Empfang hatte angerufen und mitgeteilt, dass eine gewisse Klarissa Piszcek unbedingt Christine sprechen wolle.

Wenig später saßen sich die beiden Frauen gegenüber.

„Das Mädchen hat genug gelitten; lassen Sie sie gehen. Sie ist unschuldig. Ich habe das Schwein ermordet.“

Christine erschrak. Sie sah in das Gesicht einer Frau, die gerade in ruhigem Tonfall einen Mord gestanden hatte.

„So funktioniert das nicht“, sagte Christine, *„Yolanthe Pichelmayer hat aus freien Stücken ein Geständnis abgelegt und wartet jetzt auf ihren Prozess.*

Wieso sollte ich jetzt Ihnen glauben, dass Sie die Tat begangen haben?“

„Weil ich alle Einzelheiten kenne und Yolanthe nicht“, erwiderte Klarissa, und dann erzählte sie die tragische Geschichte einer jungen Frau, die über viele Jahre dem kranken Trieb ihres Vaters ausgesetzt war:

„Als ich René kennenlernte, habe ich mich unsterblich in diesen Mann verliebt. Ich hätte mein Leben für diesen Menschen gegeben.

Ich setzte die rosarote Brille auch dann nicht ab, als er von mir verlangte, anschaffen zu gehen, weil er hohe Spielschulden hatte.

Die Kreise, in denen er verkehrte, wurden zu seinem Verhängnis. Man fand ihn eines Tages erstochen in einem Hinterhof.

Als das geschah, war ich bereits schwanger. Ich nahm mir vor, das Kind wegmachen zu lassen, brach-

te es aber nicht übers Herz. Heute bin ich froh, dass ich es nicht gemacht habe. Elli ist mein ganzes Glück.

In dem Laden, in dem ich gearbeitet habe, gab es eine Frau, die meine beste Freundin wurde. Sie kennen sie, es ist Chantal. Sie hat mir damals sehr geholfen, auch mit Elli.

Die Männer, denen René Geld schuldete und die auch für seinen Tod verantwortlich sind, haben sich dann an mich gewendet, um das Geld einzutreiben.

Das war der Grund, warum ich von dort geflohen bin. Chantal hat mich begleitet. Wir haben nach ein paar Jahren das <Happiness> übernommen, weil sein Besitzer an Krebs erkrankt war und sich noch eine gute Zeit gönnen wollte.

Ich hatte nie ein gutes Händchen für Männer.

Richard war der nächste Reinfall.

Er war schwerster Alkoholiker und wollte sich als Chef aufspielen. Hinzu kam noch, dass er sich an meine Elli herangemacht hat.

Ich werde es mir nie verzeihen, dass ich es erst viel zu spät bemerkt habe. Als ich ihn hinauswerfen wollte, zeigte er mir die ganze Hässlichkeit seines Charakters. Er hat mich geschlagen.

Dann kam mir das Schicksal zu Hilfe. Er stürzte die Kellertreppe hinunter und brach sich das Genick. Es gab eine polizeiliche Ermittlung gegen mich, die *jedoch eingestellt wurde, weil man mir nichts nachweisen konnte.*

Richard war zum Zeitpunkt des Unfalls wieder einmal stockbetrunken und ich hatte ein Alibi: Chantal war mit mir in einem Lokal, mit dessen Besitzerin ich gut befreundet bin.

Als meine Elli um den toten Mistkerl geweint hat, zog ich die Notbremse und brachte sie nach Graz in die Nervenklinik. Dort traf sie auch auf Yolli. "

Christine hatte bis hierher wie gebannt zugehört. Als Klarissa einen Schluck Wasser zu sich nahm, überlegte Christine kurz, ob sie Klarissa fragen sollte, ob sie Richard damals die Kellertreppe hinuntergestoßen hätte.

Als ob Klarissa das bemerkt hätte, sah sie Christine lächelnd an, nickte kurz mit dem Kopf und fuhr dann fort:

„Die beiden Mädchen haben sich sofort angefreundet. Yolli vertraute sich Elli an und erzählte von ihrer gestörten Beziehung zu ihrem Vater. Sie schwärmte förmlich von ihm.

Yolanthes Leidensweg begann zunächst mit kleinen, scheinbar harmlosen Zärtlichkeiten. Sie war ein lebenslustiges, quirliges Kind, das gern auf dem Schoß ihres Papis herumrutschte.

Als sie dann schon älter war und sich an ihrem Körper frauliche Veränderungen einzustellen began-

nen, wurden die Berührungen intimer und schon bald animierte Gottfried Pichelmayer seine Tochter zu sexuellen Handlungen an ihm.

Yolanthes Mutter war wohl aufgefallen, dass das Verhältnis Vater – Tochter ungewöhnlich war, unterließ es aber, ihren Ehemann darauf anzusprechen.

Stattdessen leitete sie Yolanthes Aufenthalt in der Grazer Klinik in die Wege, um das unliebsame Treiben zu ersticken.

Elli war zu diesem Zeitpunkt schon ein großes Stück weiter in ihrer Therapie und konnte die Dinge jetzt klarer sehen. Das Bildnis, welches sie von ihrem Peiniger Richard bisher hatte, war bereits im Wandel begriffen.

Nachdem die beiden Freundinnen aus der Klinik entlassen worden waren, hielten sie weiterhin regelmäßig Kontakt.

Auf diese Weise erfuhr Elli, dass Yolanthes Therapie nicht den gewünschten Erfolg gebracht hatte und sie wieder in das alte Fahrwasser zurückgekehrt war. Ihre toxische Liebe zu ihrem Vater war neu entflammt.

Elli hat mir unter Tränen davon berichtet und mich um Hilfe gebeten.

Ich musste nicht länger nachdenken. Ich habe zweimal die Schattenseite einer Liebe erleben müssen, die keine Liebe ist. Und ich musste zusehen, was sie mit einem Menschen machen kann.

*Meine Elli hat den Weg aus der Hölle herausge-
funden, aber Yolanthe war zu schwach. Ich habe be-
schlossen, ihrem Leiden ein Ende zu setzen und zu
handeln."*

Christine begann Verständnis für Klarissa zu empfinden, auch wenn das Töten eines Menschen nicht zu
entschuldigen geht.

„Bitte, schildern Sie den Tathergang!"

Die Nüchternheit dieser Worte schmerzten Christine, hatte ihr Klarissa doch gerade einen tiefen Ein-
blick in ihre Seele geschenkt.

Ein feines Lächeln ging über Klarissas Gesicht. Sie
mochte die Frau, der sie gerade ihre Lebensgeschichte
offenbart hatte.

*„Den Professor ins <Happiness> zu locken, war
nicht besonders schwer. Er war ja dieser Einrichtung
nicht abgeneigt.*

*Ich habe ihm einen Cocktail verabreicht, dem ich
ein paar K.O-Tropfen beigemischt habe. Als er dann
außer Gefecht war, hat Rocky die Botschaft auf seine
Brust tätowiert.*

*Sie dachte, es handle sich um einen Scherz; denn
die Bedeutung der Worte verstand sie ja nicht.*

*Und dann habe ich dorthin gestochen, wo andere
Menschen ein Herz haben, der Professor hingegen
nur einen Ort der Finsternis und der Verderbtheit.*

Ich habe ihm dabei in die Augen geschaut, und ich habe seinen verzweifelten Blick genossen."

„*Irgendetwas stimmt nicht"*, unterbrach Christine, „*der Täter war Linkshänder, Sie sind aber Rechtshänder."*

„*Ich weiß"*, erwiderte Klarissa, „*ich habe die linke Hand benützt, um damit eine falsche Fährte zu legen."*

„*Aber Sie haben uns doch bei der Erstbefragung ein Alibi gegeben"*, insistierte Christine weiter.

„*Das hat auch gestimmt"*, sagte Klarissa, „*nur der errechnete Todeszeitpunkt war falsch."*

„*Wie das denn?"*

Christines sah Klarissa verwundert an.

„*Der Raum, in welchem Sie den Toten vorgefunden haben, war nicht der Tatort. Der Mord geschah in meinem Büro. Ich habe die Klimaanlage auf die tiefst mögliche Temperatur eingestellt. Und nach ein paar Stunden habe ich die Leiche in das andere Zimmer gebracht, in dem eine normale Temperatur herrschte. Dadurch wurde die Körpertemperatur verfälscht."*

Es hätte nicht viel gefehlt und Christine hätte die Raffinesse der Frau bewundert, die kaltblütig einen Mord verübt hatte.

„*Und warum haben Sie Frau Fenderl belastet?*", fragte Christine weiter.

„*Das war ein Geschäft, das ich mit Aspasia abgeschlossen habe. 25000 Euro dafür, dass sie den Mord gesteht.*"

Christine konnte ihre Enttäuschung nicht verbergen.

„*Das ist menschenverachtend, Frau Piszcek. Damit hätten sie das Leben einer jungen Frau zerstört. Haben sie überhaupt keine Skrupel?*"

„*Sie haben ja recht, Frau Kommissar*", entgegnete Klarissa, „*zum Glück hat sich Aspasia nicht an unseren Deal gehalten. Als ich das machte, dachte ich an Elli und dass sie meine Hilfe braucht. Wie hätte ich sie schützen sollen, wenn ich im Gefängnis wäre?*"

Christines Gedanken gerieten in einen Strudel. Da war auf der einen Seite tiefe Ablehnung und auf der anderen ein Stück weit Verständnis für Klarissas Handeln.

„*Wie ist Oskar Pichelmayer in die Angelegenheit involviert?*

„*Gar nicht*", antwortete Klarissa, „*ich bin immer davon ausgegangen, dass er von dem Missbrauch wusste, und deshalb wollte ich den Verdacht auf ihn lenken.*

Elli hat Yolli dazu gebracht, Oskar möchte mir die 25000 Euro überweisen, quasi als privates Darlehen.

Ich wusste auch, dass Oskar Linkshänder war, deshalb die Idee, den Mord mit der linken Hand auszuführen."

„Heißt das, Oskar wusste weder von dem Missbrauch, noch von dem geplanten Mord?", fragte Christine überrascht.

„*So ist es*", antwortete Klarissa, „*und als ich erfahren habe, dass Yolli ein falsches Geständnis abgelegt hat, musste ich handeln.*

Ich habe viele schlimme Dinge in meinem Leben gemacht und viele falschen Entscheidungen getroffen; aber Yollis Opfergang kann ich nicht zulassen."

Christine sah in Klarissas Gesicht und sie sah ihre Tränen darin.

„*Warum hat Yolanthe einen Mord gestanden, den sie nicht begangen hat?*"

„*Aus Schuldgefühl, Frau Kommissar*", antwortete Klarissa, „*trägt nicht jeder von uns ein wenig Schuld in sich? Hätte ich mich damals nicht mit Richard eingelassen, wären meiner Elli nicht all die schrecklichen Dinge passiert…*"

Klarissa machte eine Pause. Als Christine sie erwartungsvoll anblickte, sagte Klarissa:

*„Die Antwort auf die Frage, die Sie mir nicht ge-
stellt haben, lautet JA.“*

Christine erschrak. Hatte Klarissa damit gerade
den Mord an Richard gestanden?

*„Werden Sie sich dafür einsetzen, dass Yolli frei-
kommt? Jetzt haben Sie ja den richtigen Mörder.“*

Der Pragmatismus von Klarissa versetzte Christine
in Erstaunen. Klarissa hatte gerade die Tür zu ihrem
eigenen Gefängnis weit aufgestoßen und ihre ganze
Sorge galt Yolanthe.

„Ich werde sofort alles Nötige dafür einleiten“,
versprach Christine und beendete das Gespräch mit
einer außergewöhnlichen Frau, die sie mit ihren Aus-
führungen in eine emotionale Achterbahn gezogen
hatte.

*****

Klarissa Piszcek wurde wegen heimtückischen
Mordes zu einer lebenslangen Freiheitsstrafe verur-
teilt.

Emma Pichelmayer wurde freigesprochen, weil ihr
eine Mitwisserschaft an den sexuellen Handlungen
ihres Ehemannes nicht nachgewiesen werden konnte.

Wesentlichen Anteil daran hatte ihr Anwalt, Dr.
August Kirchner.

Yolanthe Pichelmayer hat eine weitere Therapie in der Univ. Klinik für Psychiatrie und Psychotherapie Graz begonnen.

Nach ihrer Entlassung beantragte sie beim Magistrat der Stadt Wien für Gewerberecht, Datenschutz und Personenstand Referat für Namensänderung die Änderung ihres Namens, weil mit dem bisherigen Vor- oder Familiennamen unzumutbare Nachteile verbunden sind.

Sie ließ sich ihren Erbanteil auszahlen und zog in eine andere Stadt, wo sie eine KITA[9] gründete. Den Kontakt zu ihrer Mutter hat sie abgebrochen. Mit ihrem Bruder Oskar blieb sie jedoch in Verbindung.

Chantal, vulgo Petra Meisner, hat sich mit Klarissa versöhnt und das „Happiness" übernommen. Aspasia wurde ihre „zweite Hand".

Die Beerdigung von Professor Gottlieb Pichelmayer fand unter großer Anteilnahme statt. Sein Sarg wurde von vielen Kränzen bedeckt. Einer davon trug die Inschrift: **„Service about self"**[10]

Major Christine Tanner hat die Einladung zum Essen mit dem Architekten Hans Brecht nicht angenommen.

Ihr Interesse an dem interessanten Mann erlosch augenblicklich, als sie die Fotografie in einer Promi-

---

[9] *Kindertagesstätte*
[10] *Wahlspruch der Rotarier: Selbstloses Dienen"*

Illu sah, die den Herrn – anlässlich der Einweihung eines Bauprojektes – in Begleitung seiner Ehefrau sah.

Sie kommentierte das Bild mit der Bemerkung:

„Männer sind alle Schweine. Sie sind feige und verlogen…"

*****